战狼系列丛书

中国版《第一滴血》
年度热血**军事力作**

上帝复仇

谢迅 著

时事出版社
北京

目　录

第一章　猎杀者 / 1

密林某处，西蒙少将手捧着信号显示仪，面色阴冷得可怕。

显示仪上面原本的十多个红色圆点，在刚刚短暂的时间里，挨个尽数熄灭了。当最后一个圆点消失的时候，显示仪传来"嘀"的一声响，西蒙的脸颊狠狠抽搐了一下。

第二章　三天三夜 / 9

"不许动！"

一个冰冷冷的声音从背后传来，一个硬邦邦的东西顶住了他的后背。

"放下武器，慢慢转过身来！"小胡子冷冷命令道。

现在的陆川被好几把枪包围着，唯有听从小胡子的命令。他丢下军刀，举起双手，慢慢转过身来，看见了小胡子那张猥琐而傲慢的脸。

第三章　活下去！/ 20

"哈哈哈！"阮七朗声笑了笑，张开双手，"陆川是吧？欢迎加入曼陀罗！从今往后，你就跟着我吧！小子，好好干，前途无量！"

陆川暗自捏了把冷汗，原来这根本就是一个局，为的就是考验他，幸好刚才没有过多的犹豫，要不然还真过不了这一关，差点就被阮七那混蛋给骗了。

第四章　最强战士/ 28

阮七皱了皱眉头，"他想杀你?！他为什么要杀你？"

陆川收回目光，淡然说道："我也不知道！"

阮七勾了勾手指，身后的保镖会意，递给阮七一把手枪。

陆川心中一惊，阮七莫不是要对自己下手？大象可是阮七麾下的第一猛将，现在大象伤成这样，阮七肯定不会放过自己！

第五章　地狱牢笼/ 38

金刚狼转身的速度非常快，但是陆川出手的速度更胜一筹，一道寒光贴着金刚狼的腹部飞掠过去，快如闪电。

金刚狼只觉腹部微微一凉，几乎没有感觉到任何痛感，几秒钟过后，黏糊糊的液体滴滴答答落在地上。

第六章　鬼眼 / 50

"任务？"陆川眉头一挑，"老板请讲！"

阮七从身后抽出一个文件袋，丢在陆川面前，脸色变得阴冷无比，"我有一块价值过亿的高科技芯片，在运送过程中，被一支雇佣兵团抢走了，我要你帮我把这块芯片抢回来！"

第七章　喋血孤鹰镇 / 60

陆川把手伸入桌子下面，握住了三棱军刺的把手。他缓缓拔出军刺，贴身藏匿在角落里，密切观察着厅堂里的一举一动。陆川没有想到，出门吃个饭竟会碰上猎熊的人。

第八章　暗影雇佣兵 / 69

白毛微微一怔，猛地一咬牙关，发出野兽般的怒吼，双足在地上使劲一点，整个人飞身跃起，钢鹰军刀紧贴着三棱军刺向上划过，发出尖锐刺耳的摩擦声响。伴随着一连串飞溅的火星，钢鹰军刀贴着陆川的鼻尖掠了过去，削飞了陆川一缕头发。

第九章　七杀／81

看着西蒙的照片，陆川的手指慢慢收紧，将资料揉成了一团。之前陆川还有些抗拒这次任务，但现在却有些莫名的欣喜，因为他看见了替刺客小组兄弟们报仇的希望，没想到这个机会来的如此之快。

第十章　夜色下的幽灵／89

随着时间的推移，罗斯渐渐变得焦躁起来，他原本就受了伤，再加上这一番发疯般的狂轰乱打，使得他的大量体能被燃烧消耗，体力渐感不支，呼吸也开始变得沉重起来。随着体能下降，罗斯的攻势也随之下滑，出招越来越缓慢，已不见方才那种架势。

第十一章　最后一个名字／97

陆川？！

这个名字犹如闪电般划过西蒙的脑海，西蒙的心狠狠抽搐了一下，脸上的五官变了形，他不敢相信自己的耳朵，"你……你果然没有死！"

第十二章　地下工厂／103

阮七家的后院是一小片树林，很广阔。只见他走到一个树桩子前面，从兜里摸出一把钥匙，插入树桩子上的一个小孔里，轻轻一扭。就听咔咔声响，陆川惊得睁大眼睛，只见脚下的地面裂开了一条缝隙，数秒钟之后，居然变成了一条密道！

第十三章　逃亡之路／109

"你们跟着陆川学习了不少本事，这次的搜捕行动就由你们六个负责，务必要把陆川的首级给我带回来！你们听好了，谁能杀死陆川，重奖五百万！"阮七握了握拳头，心中暗道："陆川啊陆川，我是不会让你活着离开炼狱丛林的！所有背叛我的人，都得死！都得死——"

第十四章　冲出封锁线／119

"谢谢队长！谢谢队长！"伊布说着突然间就像换了张脸似的，瞳孔里杀意汹涌，现在的陆川放松警惕，背心空门大露，是刺杀的最佳时机。

伊布一把抓起捕鲸叉，起身疾奔两步，对着陆川的腰眼狠狠捅过去，表情狰狞。

第十五章　东方猎人／133

没有了手枪的威胁，陆川铆足

力气，很快追上了王强，一把抓住他的后背，将他凌空提了起来。

"啊！啊！救命！救命！"王强花白的头发在夜风中胡乱飞舞，发出惊恐的尖叫声，两腿乱蹬。

第十六章　圣天使／143

陆川手足并用，悄无声息地爬到集装箱顶，然后腾挪跳跃，朝着那群人迅速逼近。他在距离两拨人三十米左右的地方停下来，静静地匍匐在集装箱上面，将身影隐没在黑暗中。

第十七章　世界尽头／152

陆川的瞳孔里闪过一丝寒光，只听他一声暴喝，紧接着传来"嘎嘣"脆响，那把斩马刀竟被陆川硬生生劈成两截。影被劲气震得倒飞出去，撞在铁丝网上，继而又弹落在地上。

第一章　猎杀者

　　密林某处，西蒙少将手捧着信号显示仪，面色阴冷得可怕。

　　显示仪上面原本的十多个红色圆点，在刚刚短暂的时间里，挨个尽数熄灭了。当最后一个圆点消失的时候，显示仪传来"嘀"的一声响，西蒙的脸颊狠狠抽搐了一下。

夜色渐沉。

当最后一缕残阳在天边歼灭，炼狱丛林笼罩在夜幕之中。

丛林里面一片死寂，只剩下一阵阵零碎的脚步声和沉重的喘息声。

三条人影踉跄着从密林里面跑了出来，原本的刺客小组，现在只剩下陆川、史金和樱子三人。

三人都挂了彩，浑身像从血池里爬出来一样，连发梢都在滴落血沫；他们的衣服碎成了一条一条，狼狈不堪。

在他们身后二三十米开外，十几名特战队员的身影在丛林里闪动，就像十多条幽灵，如影随形，一直紧咬着陆川他们不放。

相比陆川他们的狼狈不堪，这些特战队员显得精神抖擞，他们穿着清一色的黑色战斗服，头上戴着夜视眼镜，怀抱突击步枪。

"史金，你干嘛停下来？"陆川顿住脚步，回头看向史金。

只见史金掉在后面，弯着腰，一边剧烈地喘息，一边冲陆川连连摆手，"不行了！跑不动了！队长，你走吧，别管我！我留下来，帮你拖住敌人！"

史金话音刚落，就听一阵哒哒声响，数发子弹从四面八方激射而来，打在史金身旁的一棵大树上，树皮纷飞，留下几个冒烟的弹孔。

"放屁！"陆川非但没有离开，反而转身来到史金面前，一字一顿地说道："我陆川绝不会放弃任何一个兄弟！"

"队长！"史金哽咽着，眼角噙着泪花。他和陆川认识的时间最长，跟陆川的感情也最为深厚。

"快走！"陆川猛地拉了史金一把。

史金咬咬牙，踉跄着继续向前跑。

身后不断传来子弹呼啸的声音，一条条炽烈的火线照亮了树林，夹杂着那些特战队员的呼喝声："他们就在前面！追呀！"

陆川高大挺拔的身躯，傲然站立在弹雨之中，子弹贴着他的头皮掠过，如雨点般在他的身旁砸落。经历了无数次枪火洗礼的陆川，早就把生死置之度外。

陆川举起手中的SVD狙击步枪，枪身上面已是血迹斑斑。

这把枪是阿龙留下的，在举枪的瞬间，陆川感觉枪身上仿佛还带着阿龙的灵魂，沉甸甸的——这一刻，陆川与阿龙仿佛融成了一体。他猛地一拉枪栓，尖头子弹迅速上膛。

第一章 猎杀者

砰——

狙击步枪发出野兽般的怒吼，子弹刺破空气，留下一条笔直的飞行轨迹，旋转着击碎了一名特战队员的夜视镜，没入了他的脑袋。

叮当！

金灿灿的弹壳落在陆川脚下，冒起一缕青烟，象征着一条生命的逝去。

砰——

那些特战队员还没有回过神来，狙击步枪再次怒吼，死神继续发出邀请。

伴随着狙击步枪的咆哮，一声凄厉的惨叫撕碎了夜的宁静。

那些特战队员惊惧地看见，一条人影腾空飞起，他的身体在空中爆裂出一团浓浓的血雾。

砰！砰！砰！

狙击步枪连声怒吼，带着陆川内心深处最愤怒的咆哮！

叮当当！

直至最后一颗弹壳跳落在地上，狙击步枪终于停止了声响，四野沉寂。

地上横七竖八倒下十多具流血的尸体。SVD狙击步枪的射程可达千米以上，如此近距离的杀戮，足以将人撕成碎片。

陆川丢下狙击步枪，冷冷转身，夜风吹荡起浓烈的血腥味，铺天盖地。

密林某处，西蒙少将手捧着信号显示仪，面色阴冷得可怕。

显示仪上面原本的十多个红色圆点，在刚刚短暂的时间里，挨个尽数熄灭了。当最后一个圆点消失的时候，显示仪传来"嘀"的一声响，西蒙的脸颊狠狠抽搐了一下。

信号显示仪上面每一个红色圆点，代表着一名特战士兵。当士兵阵亡的时候，就会有圆点熄灭。十多个红色圆点相继熄灭，说明这些特战士兵无一幸免。

罗斯特工瞄了一眼信号显示仪，不冷不热地说道："这些特战队员号称'猎杀者'，没想到猎杀者反被别人猎杀了，哼哼！"

西蒙阴沉着脸，口吻冰冷地说道："给我闭嘴！不说话没人当你是哑巴！"

罗斯抱起双臂，耸耸肩膀，"实话讲，这些特战队员虽然都是精英，但是跟刺客小组的战士比较起来，根本不堪一击！想想挺难过的，我们亲手辛辛苦苦培养出来的杀人机器，现在却又要亲手毁灭！"

西蒙深吸一口气，"这些人里面，最难对付的就是陆川！如果我没有猜错，这些人都是死在陆川手里的！"

罗斯点点头，"陆川确实是一个可怕的存在，也是一个难得的天才！"

西蒙缓缓握紧拳头，"他逃不掉的！我能亲手创造他，也能亲手毁了他！"

说到这里，西蒙按下信号显示仪上面的按钮，伴随着"嘀"的一声，显示仪上面再次出现了十多个圆点。

西蒙对着显示仪，冷然下达着命令："二梯队，继续给我追！"

哗啦啦！

水流声响，前方横亘着一条河，拦住了陆川他们的去路。

他们现在已经是弹尽粮绝，精疲力竭，根本没有办法回身继续跟那些追兵战斗。如果不能及时趟过这条河，就会被后面的追兵围歼在这里。

"看来我们得造个竹筏！"陆川说。

史金回头看了看，追兵的吆喝声越来越近，他不由自主地皱起眉头，面露难色，"队长，恐怕……来不及了……"

这个时候，樱子突然转身往回走。

"樱子，你要去哪里？"陆川问。

樱子头也不回，身影迅速没入密林里面，声音遥遥传来："我去引开那些追兵，如果在竹筏造好之前我还没有回来，你们……就不用等我了……"

"樱子——"陆川咬咬牙，胸口像是被什么东西堵住了，难受得说不出话来。

片刻之后，远处传来枪响，吆喝声渐渐被引到另一个方向去了。

陆川和史金摸出军刀，他们争分夺秒，就地取材，很快就把竹筏造好了。

史金眺望黑漆漆的丛林，"队长，樱子她……她还没有回来……"

陆川咬咬牙，他不愿意放弃任何一个队友。

史金话音刚落，忽听嗖的一声尖锐的啸音，一颗火箭弹拖着火焰状的尾巴，如同黑暗中划过的流星，一下子从密林里面射出来。

"小心！"陆川飞身将史金扑倒在地上。

轰隆！

一声巨响，火箭弹在河边爆炸，腾起一朵炽烈的蘑菇状焰火，瞬间照亮了河面。

大地为之颤抖，震得陆川的耳朵嗡嗡作响，满头满脸都是尘土。

紧接着，就听见叫喊声："他们在那边！快追！"

陆川甩了甩脑袋上的尘土，挣扎着爬了起来，"史金，快走！他们发现我们了！"

哒哒哒！

有子弹飞射出来，在河面上飞溅起圈圈涟漪。

陆川和史金将竹筏推入河里，跳了上去，撑着竹篙，拼命朝对岸划去。

十几条人影从密林里面钻出来，就像凶悍的野狼。当他们赶到河边时，陆川和史金已经划到了水面中央。

那些追兵气得暴跳如雷，却又无可奈何，即使他们马上制作竹筏，也已追赶不上了。他们只能站在河边胡乱地开枪扫射，任凭陆川他们的身影没入混沌的黑暗中。

虽然暂时摆脱了特战队员的追击，但是陆川却一点都没有劫后余生的喜悦。他的心沉重不已。樱子，用自己的生命为他们创造了逃生的时间。

望着黑漆漆的河面，陆川清楚，樱子是凶多吉少了！

此时此刻，樱子被两个特战队员拖拽着来到西蒙少将面前。

"报告将军，我们抓到了这个女人！"特战队员战战兢兢地说着，头也不敢抬一下。

"陆川呢？"西蒙沉声问道。

"跑了……前面有条河，他们坐竹筏跑掉了！"特战队员低着脑袋回答。

西蒙浓眉一挑，脸上笼罩了一层怒气，"陆川居然还有时间做竹筏?"

特战队员怯声说道:"我们被这个女人误导了……所以……呃……错过了最佳时机……"

"废物!"西蒙一口唾沫喷在特战队员的脸上。

他上前一步,伸手捏住樱子的下巴,"为了给陆川创造逃生机会,你不惜牺牲自己,这样做值吗?"

"当然值!"樱子阴恻恻地笑了笑,目光冰冷地看着西蒙,"终有一天,队长会为我们报仇的!"

西蒙冷哼两声,摸了摸樱子的脸颊,"你这么年轻,又这么漂亮,我还真不忍心杀了你!这样吧,我们做个交易,你帮我干掉陆川,我给你一条生路,怎么样?"

樱子直视着西蒙的眼睛,忽然咧嘴笑了笑,"你觉得我会跟魔鬼做交易吗?你这个畜生!"

西蒙目光一沉,反手一巴掌扇在樱子的脸上。一缕鲜血顿时顺着樱子的唇角流下。

"既然你执意为他而死,我就成全你!我真欣赏你们刺客小组的情义!"西蒙举起银色的"沙漠之鹰"手枪,拨开保险栓,用冰冷的枪口顶在樱子的眉头中央。

面对死亡,樱子没有丝毫畏惧,反而抬起头来,目光炯炯地盯着西蒙,一字一顿地说道:"我会永远记住这张丑陋的脸,做鬼也不会放过你!"

砰!

枪声响起,一缕滚烫的鲜血飞溅在西蒙的脸上,他看上去狰狞得像个魔鬼。

就在樱子缓缓倒下的时候,漆黑河面上的那张小竹筏,正在慢慢靠近岸边。

突然,竹筏猛地颠簸了一下,陆川和史金险些跌落进水中。

陆川沉声发力,双脚稳稳钉在竹筏上面。

史金盯着水下,失声叫喊道:"下面有东西!"

水面上荡漾开圈圈涟漪,一个黑影围绕着竹筏来回转动着。

哗!

水花四溅，那个黑影猛然从水里蹿了出来。

陆川和史金同时倒抽了一口凉气，那竟是一条体长超过三米的鳄鱼！

此时此刻，陆川和史金的身上只剩下防身的军刀，没有枪支弹药，凭着这样简单的武器，怎么跟鳄鱼搏斗？

这是一条饥饿的鳄鱼，在它的眼中，陆川和史金就是今晚最美味的食物。

陆川和史金紧紧握着竹篙，掌心里溢满冷汗，他们宁愿面对十个特战队员，也不愿意面对一条鳄鱼。更何况他们此时还在水面上，环境极其不利。

那条鳄鱼绕着竹筏游了两圈，突然再次蹿出水面，张开血盆大口，飞身咬向陆川。

森冷的牙齿就像两排锋利的铡刀，嘴里喷出浓浓的腥臭味，强大的咬合力可以轻易地咬碎人的骨头。

说时迟那时快，陆川目光一凛，沉声喝气，力透臂膀，扬起竹篙重重地抽打在鳄鱼的头上，发出"啪"的一声脆响。

伴随着哗啦声，鳄鱼落入水中，溅起高高的浪花。

鳄鱼吃痛，没有放弃攻击，反而激发了它凶残的兽性，它迅速绕到竹筏后面，再次蹿出水面，咬向陆川的双脚。

陆川也不回头，竹篙向后唰地斜刺而出，快如闪电，一下子刺入了鳄鱼的血盆大口。

"呜——"鳄鱼发出痛苦的嘶吼声。

陆川用力拔出竹篙，一股浓腥的鲜血飚射出来，鳄鱼翻滚着沉入水中，很快就把周围的水域染红了。

受到重创的鳄鱼更加发狂，它在水里拼命扑腾，随时都有可能撞翻竹筏。

倘若落入水中，陆川他们的处境将会更加危险。

陆川不敢怠慢，和史金迅速撑起竹篙，划向岸边。

血腥味荡漾开去，附近的水面上很快冒起了咕噜噜的水泡。

"噢，天哪！"史金忍不住失声叫喊起来。

再看四周的水面，影影绰绰出现了七八条鳄鱼的轮廓。对付一条鳄鱼都已经困难，更别说现在竟然要面对这么多条了。

陆川和史金拼了命地往前划，鳄鱼群紧追不舍，眼看着渐渐追了上来。

水波荡漾，竹筏晃荡得越来越厉害，冲在最前面的鳄鱼已经张开血盆大嘴，一口咬住竹筏，使劲地往水里拽。

就在这时，史金突然拔出军刀，飞身从竹筏上跃出，怒吼着扑向那条鳄鱼。

噗嗤！

寒光一闪即逝，锋利的军刀瞬间没入了鳄鱼的左眼。

鳄鱼发出低沉的咆哮，剧烈的疼痛令它癫狂起来。

"史金，你做什么？"陆川惊诧地瞪大双眼，厉声叫道。

史金使劲推了一把竹筏，大声说道："队长，你三番五次救我性命，现在是我报答你的时候了！答应我，无论遇到怎样的困难，你都要好好活下去，为兄弟们报仇！"

史金挥舞着军刀，面对着虎视眈眈围拢上来的鳄鱼群，怒吼道："来吧！你们这群畜生！"说完，他只身冲入鳄鱼群。

寒光闪烁，血水飞溅，史金的身影渐渐被吞没……

"不！不！不！"陆川紧握双拳，热泪滚滚落下。

竹筏靠岸，陆川精疲力尽地爬上岸边，他清楚地知道，自己的身上承载着兄弟们的所有希望。

他的脸上早已分不清到底是水还是泪，他对着史金消失的河面敬了一个庄严的军礼，然后像是自言自语，又像是对着死去的兄弟们发誓："我一定会为你们报仇的！！"

陆川深吸一口气，拖着疲惫的身躯，转身踉跄着走进丛林。

第二章　三天三夜

"不许动!"

一个冰冷冷的声音从背后传来,一个硬邦邦的东西顶住了他的后背。

"放下武器,慢慢转过身来!"小胡子冷冷命令道。

现在的陆川被好几把枪包围着,唯有听从小胡子的命令。他丢下军刀,举起双手,慢慢转过身来,看见了小胡子那张猥琐而傲慢的脸。

陆川已经很长时间没有休息了，即使拥有金刚般强壮的身躯，也坚持不住了。

他发现前方有两棵大树，树之间的距离很近，树枝上的蔓藤相互交织，织成了一张悬空的大网——那里是个不错的栖身之处，既能够用茂密的枝叶遮挡身形，又可以悬在半空，躲避野兽的袭击。

陆川没有多想，快步来到树下，攀着树干爬了上去。他钻进茂密的枝叶里，先试探着踩了踩那些枝条，确定足够坚韧后，才小心翼翼地躺了进去。这里就像一张吊床，晃晃悠悠，倒还舒服。

树叶上有些霜露，晶莹的露珠来回滚动，陆川只需要张开嘴巴，就能喝到甘甜的露水。

长时间的战斗，让陆川的神经一直处于高度紧绷状态，能够暂时放松下来，让他感觉整个人都瘫软般，体内的力气都被抽空，眼前一片天旋地转。

陆川确实需要休息了，短短几秒钟，他便已经进入了梦乡。

在梦中，陆川见到了战狼的兄弟们，那一张张熟悉的脸庞无比清晰。

滴答！

有露珠滴落在陆川的脸上，冰凉凉的，他打了个激灵，猛然睁开双眼。

阳光从枝桠的缝隙中落下，碎裂的光斑布满陆川的脸颊，新的一天又开始了。但是那些死去的伙伴，却不会因为太阳的升起而苏醒。

陆川张开嘴巴，喝了两口露水，感觉清醒了不少。耳畔传来鸟啼声，回想起昨天发生的一切，犹如一场噩梦。D国政府利用了他们，达到目的后又把他们像垃圾一样丢掉，他们不过是棋子，命如草芥，任人摆布。

要想报仇，目前唯一能做的事情就是——活下去！

休息后，虽然恢复了不少精神，但是体力却没有恢复。饥肠辘辘，让陆川根本提不起力气。

陆川从树上滑下来，拔出军刀，开始寻找食物。他打算抓松鼠、野兔这样的小东西来填充下肚子，谁知道半天时光只找到了几个硬邦邦的野果，水分倒是足，就是味道有些涩口。

就在陆川胡乱啃着野果的时候，忽听嗡嗡声响，几只蜜蜂在他头上盘旋飞舞。

陆川扔掉野果迅速爬了起来，眼睛里闪烁着希冀的光。他跟着那几只蜜蜂跑出一段距离，拨开一片灌木丛，嗡嗡声响顿时大作。陆川心头一喜，只见灌木丛中出现一个蜂巢。陆川现在的身体非常虚弱，急需蜂蜜这样的东西来补充体内所需养分。

陆川看了看四周，用军刀砍来一截树枝和一些芭蕉叶。他将树枝前端削尖，再把尖的一头放在一块木头上，铺上干草，双手掌心来回搓动树枝。

豆大的汗珠顺着陆川的脸颊滚落下来，只听嚓嚓嚓的摩擦声响，树枝在一阵急速转动后，下面的木头渐渐冒起了白烟。

陆川屏住呼吸，双手加快速度，很快就有火星飞溅出来，引燃了上面的干草。陆川迅速把芭蕉叶点燃。燃烧的芭蕉叶产生了浓烈的烟雾。

陆川脱下外衣，包裹住自己的头部，只露出一双眼睛，然后举着冒烟的芭蕉叶，一步步朝着那个蜂巢走去。浓烟顺着风向正好吹到蜂巢上面，一大群蜜蜂冲天而起，犹如一片黑压压的乌云。

陆川见状丢下芭蕉叶，拔出军刀，一个箭步冲到蜂巢前面。唰唰几刀下去，那个蜂巢如同被剖开的西瓜，里面黄澄澄的、散发着淡淡甜味的蜂蜜流淌出来，令人垂涎欲滴。

陆川咽了口唾沫，这种时候也顾不上什么形象，张开嘴巴，大口大口地咀嚼起来，吃得满脸满手都是流淌的蜂蜜。

这个时候，芭蕉叶已经燃烧的差不多了，浓烟渐渐消退，已经有蜜蜂盘旋在陆川头顶上空，陆川必须得离开了，他可不想成为蜜蜂们攻击的目标。

此时此刻，逃是陆川唯一的选择。

先要逃离"猎杀者"的追杀，保存自己的性命，才有报仇的希望。

渴了，就喝点清冽的溪水；饿了，就捕杀一些小动物果腹；困了，就找个树洞或者石缝打盹。陆川打定心思要跟敌人来场持久战，以一己之力来消磨敌人的精力和斗志。

连续两个昼夜的追杀下来，那些特战队员不仅连陆川的一根毛都没有抓到，反而损失了十几人。这让他们心中产生了强烈的恐惧感，士气非常低落。现在他们害怕碰上陆川，因为陆川在他们的心中已成了"死神"的代名词。

看着信号显示仪上又一个消失的红点，西蒙的脸上乌云密布。

砰！

西蒙将显示仪狠狠摔在树干上，摔得四分五裂。

"废物！全他妈都是废物！几十号人还对付不了一个人，都是吃屎长大的吗？"西蒙冲着身旁的特战队员怒吼连连。

那些特战队员不敢直视西蒙的眼睛，一个个低着脑袋，不敢做声。

罗斯递给西蒙一支雪茄，"消消火！"

西蒙接过雪茄点燃，猛吸了两口，胸膛剧烈地起伏着，瞳孔里燃烧着熊熊怒火，他现在恨不得亲手将陆川撕成碎片。

罗斯自顾自地点燃一支雪茄，叼在嘴里，喷出一口烟雾，"这也不能全怪他们。跟陆川比起来，他们就像是一群羊。让一群羊去追赶一头被逼上绝路的狼，这本身就没什么胜算！"

西蒙咬咬牙，回头看着罗斯，"那你的意思是？"

罗斯抬头看了看天色，"我们已经深入丛林很远了，连日的跋涉奔波，大家都没有休息，而且军用补给完全跟不上，再这样继续消耗下去，队员们可就没有精力作战了。而且我看这天色，丛林即将迎来一场暴风雨，不如下令让大家撤退吧！"

西蒙浓眉一挑，"就这样放过陆川？"

罗斯的脸上浮现出一丝冷笑，"陆川已经弹尽粮绝，体力透支，再加上丛林里面危机四伏，不仅有各种野兽毒物，还有贩毒武装的出没。呵呵，我想就算没有我们的追杀，他也不太可能会活着走出炼狱丛林！"

西蒙沉吟了一会儿，点点头，"希望你的分析是对的！"

西蒙走到边上，戴上无线耳麦，"所有'猎杀者'听令，猎人回营！猎人回营！"

"OK！收到！"小分队队长奥利奇摘下耳麦，擦了一把脸上的汗水，对身后的几个队员说："终于可以收工了！"

奥利奇的手下还剩下四名队员，自从进入丛林追杀陆川以来，小分队已经伤亡过半，早就没有任何斗志了。但苦于没有收到撤退命令，不敢擅自离开，现在可算是解脱了。

"太好啦！终于可以离开这个鬼地方了！"

"回去之后我一定要好好洗个澡，然后再找两个漂亮女人！"

"别磨叽了，快走吧！但愿不要遇上陆川那个怪物！"奥利奇挥了挥手。

确实,在这些特战队员的心目中,陆川就是一个"怪物"般的存在。

刚走出没两步,奥利奇回头发现一名队员没有跟上,他浑身僵硬地站在那里,一副失魂落魄的样子。

"喂!小子,撤退了,你还舍不得离开吗?"奥利奇喝问道。

那名队员突然丢下突击步枪,缓缓举起手臂,做出投降的姿势,浑身战栗得跟筛子似的。

奥利奇发现不太对劲,他迅速拔出手枪,指着那名队员,其他三名队员也停下脚步,纷纷拔枪围拢上来。

仔细一看,奥利奇才发现,一把军刀架在了那名队员的脖子上。

那把军刀的刀刃已经有些翻卷,上面血迹斑斑,散发着浓浓的死亡气息。

半张冷峻的面容从队员的身后显现出来,一个冰冷的声音随之响起:"怪物来了!"

奥利奇猛然睁大双眼,失声叫道:"陆川?!"

唰!

在奥利奇喊出声的同时,一抹寒光划过那名队员的脖子。滚烫的鲜血激喷而起,飞溅在奥利奇的脸上。

对于这些杀害自己兄弟的人,陆川毫不留情。

"去死吧——"奥利奇瞪红双眼,怒吼着扣动了扳机。

在奥利奇扣动扳机的瞬间,陆川将那名队员的尸体猛地推向奥利奇,子弹打在了上面。

另外一名队员正准备开枪,陆川翻转手腕,抢先一步掷出军刀。

"啊——"那名特战队员哀嚎着捂住自己的手腕,突击步枪掉落在地上。

陆川几乎没有任何停留,飞身扑去,就地一滚,顺势将那把突击步枪抄在手里,然后赶在另外两名特战队员回过神之前,扣动了扳机。

哒哒哒!

一条火龙横扫而出,近距离的猛烈射击将两名特战队员打得倒飞出去。

小分队长奥利奇惊恐地瞪大眼睛,他手下的四名队员竟然在瞬间被陆川全部放倒。奥利奇早已被吓破了胆,转身跑进树林,没有方向地狂奔起来。

陆川站起身来，举起突击步枪，黑洞洞的枪口跟随着奥利奇奔跑的身影移动着。

砰——

枪声响起，枪口喷出的火焰，就像毒蛇吐出的信子，从瞄准镜里可以看见一团血花腾空而起。

原本还在奔跑的奥利奇一下子向前扑倒在地上，扑腾挣扎了两下，一缕鲜血流出唇角，很快就停止了动弹。

奥利奇借着树林灌木的掩护，呈S线跑动，但依然被陆川一枪击毙。那颗子弹穿过树叶、枝桠的缝隙，最后穿透了奥利奇的心窝。

陆川转身，那个手腕中刀的家伙正准备起身逃跑。陆川摇摇头，朝着背影举起了突击步枪。

砰！

那人应声倒地。

陆川走过去，抽走了插在那人裤腿上的军刀，拿在手里掂了两下。

这时，草地里传来一个微弱的声音，口吻非常急促："喂！奥利奇，你在哪里？发生什么事了？喂——"

陆川低头一看，发现脚下踩着一个黑色的小东西，拾起来一看，原来是奥利奇掉落的无线耳麦。

陆川咬咬牙，对着无线耳麦一字一顿地说："你好，西蒙将军！"

"陆川?!"西蒙猛然一惊，随即沉静下来，"陆川，你可真是厉害呀，我的人都成了你练手的活靶子！"

陆川咧开嘴巴，露出冰冷的笑意，"承蒙你的悉心栽培和教导！西蒙，你给我听好了，无论你在天涯海角，总有一天，我会来找你报仇的！你会为你做过的事情受到应有的惩罚！"

啪！

陆川将无线耳麦摔在地上，一脚踩得稀烂。

轰隆隆！

沉闷的丛林迎来了一场暴风雨，天空阴郁得可怕，倾盆大雨把整个炼狱丛林浇了个透。

即使有那么多枝叶茂密的树木，陆川还是被淋成了落汤鸡，浑身上下都在滴水。在丛林里奔跑了一会儿，瞧见前面有个树洞，陆川想也没想，一头扎了进去。

一道雨帘遮挡了树洞口，就像挂上了一道晶莹剔透的帘子。这是棵古树，树里面的空间非常宽大，正是避雨的绝佳场所。

陆川吁了口气，抹了一把脸上的水渍，将湿透的外衣脱了下来。就在这时，树洞外面忽然响起了脚步声，同时传来叽里呱啦的人声。

陆川微微一惊，这时怎么还会有人？他闪身来到树洞口，凝神往外看去，只见五六条人影从不远处径直朝着树洞而来。

他们穿着迷彩军装，满脸痞气，一看就不是正规军，究竟是什么人呢？此刻还没有摸清对方的来头，贸然动手多少有些不妥，陆川只得暗中观察着。

不一会儿，那几个家伙前后脚跑进树洞。

其中一人骂道："这鬼天气，说变就变啊！"

一个留着小胡子，看上去像是头目的家伙点燃一支烟，对着一个胖子说道："这雨下得可真够大的，看看货有没有淋湿？"

"放心吧，里面还裹着保鲜膜呢！"皮肤黝黑的胖子取下肩膀上的绿色挎包，哗地拉开拉链，从里面拎出一袋白色粉末，在小胡子面前晃了晃，"看！好着呢！"

小胡子点点头，抬起手腕看了看时间，"时间差不多了，他们应该到了吧！"

躲在暗中的陆川一眼就看出那袋白色粉末是什么，炼狱丛林里最常见的东西——海洛因！这几个家伙不用多说，摆明是贩毒集团的人，听他们的对话，应该是来进行毒品交易的。

陆川心里是郁闷得很，原本只是想找个树洞避雨，没想到这里却是毒贩进行交易的地方。他隐藏在黑暗中没有做声，没有必要去招惹这些毒贩，平添麻烦。

片刻之后，洞外传来一个洪亮的声音，一位头发花白的老头走进树洞，身后跟着四个彪形大汉。这些壮汉穿着迷彩背心，脚踩高帮军靴，冷峻的面容上笼罩着一层寒霜，杀气弥漫。

再看那个老头，一身白衣，脖子上挂着一条金链子，虽矮矮瘦瘦，但面膛红润，精神矍铄。

"哟，白老板，今儿个这么有空，居然亲自来接货呀！"小胡子丢掉烟头，快步来到白老板面前，跟他熟络地打了个招呼。

白老板微微一笑，"货呢？"

小胡子打了个响指，胖子赶紧打开背包，将毒品递了上去。

一个壮汉自白老板身后走出来，接过一袋白粉，摸出军刀，在上面划了条口子，然后伸出手指蘸了点粉末放入嘴中，冲着白老板点了点头。

白老板的脸上露出满意的笑容，"很好！不愧是炼狱丛林里的第一卖家！如果这批货销量不错的话，下次我会加大订量的！"

说到这里，白老板勾了勾手指，另一个壮汉将手中的黑色背包递到小胡子面前。

小胡子接过背包，划开拉锁，成捆的钞票出现在眼前。他带着谄媚的笑容说道："我们曼陀罗集团的东西，在炼狱丛林里称第二，绝对没有人敢称第一！"

白老板点点头，"替我跟阮老板问个好，等这段时间忙过了，我再亲自上门拜访他！"

曼陀罗集团?！

阮老板?！

陆川的心弦仿佛被什么东西动了一下，沉睡的记忆苏醒过来，往日种种瞬间涌上心头，愤怒之火一下子点燃全身——他永远都不会忘记"曼陀罗"这几个字！当年，就是在围剿曼陀罗大本营时，战狼遭遇重创，仅剩陆川一人侥幸存活。也正是那次事件，让陆川的人生被完全改写！

而现在陆川的处境，竟然跟几年前如出一辙。

陆川的手指情不自禁地摸向扳机，此时此刻，他真想冲出去，打爆这些暴徒的脑袋，让这些罪恶的灵魂得到应有的惩罚。

陆川的脸上挂满冷汗，手指不停抖动着，内心在做着剧烈的挣扎。

终于，理智战胜了冲动，陆川慢慢滑开手指，打消了跟这几个暴徒拼命的念头。小不忍则乱大谋。好不容易才摆脱了西蒙的追杀，如果再加上贩毒集团，那他肯定没办法活着走出丛林。所以他现在唯一要做的事情就是——忍！无论怎样，他都要忍下去！

暴雨如注，毒贩们等待暴雨停歇，有的在抽烟，有的在闲聊，没有离开。

陆川不敢曝露身形，只能隐没在黑暗中。万幸的是，那些人并没有进入树洞深处的想法，这让陆川放下心来，如此也好，至少可以得到短暂的休息。

就在陆川闭上眼睛，准备小憩一会儿的时候，忽然感觉一团软绵绵的东西带着一股寒意渗透后背。

陆川一惊，鸡皮疙瘩情不自禁地冒了起来。

接着，那东西突然缠住了陆川的脖子，就像一个粗壮有力的臂膀，勒得陆川两眼发黑，无法呼吸。

偷袭陆川的是一条丛林巨蟒！

这条丛林蟒不知什么时候看中了这个树洞，把它当成纳凉躲雨的栖息之地。由于这里没有光亮，所以陆川并不知道丛林蟒的存在。

陆川迅速平定心情，虽然他暂时不能呼吸，但是头脑还是比较清醒的。

他憋足一口气，趁着手腕还能活动，从裤腿里拔出军刀在掌心里划了个圈，翻转着插入了丛林蟒的身体。

噗嗤！

锋利的刀刃一下子划破了丛林蟒的皮肉，腥臭的鲜血涌了出来。

丛林蟒吃痛，缠绕的身体稍稍松弛了一下。

陆川敏锐地捕捉到了这个机会，抽空腾出一整条手臂，然后握紧刀把使劲一划。

这个创口非常深，丛林蟒开始疯狂地挣扎起来，一下将陆川甩在地上，张开血盆大嘴便朝着陆川扑落下来。

虽然看不清楚丛林蟒的脑袋在哪里，但是陆川明显感觉到腥风扑面。就在蛇嘴当头笼罩下来的一瞬间，陆川扬起军刀，猛地刺入蟒蛇嘴里。

这一人一蛇怒吼纠缠着，从树洞深处翻滚出来，一直滚到洞口。

这是个什么情况？洞口处的两拨人站了起来，不敢置信地看着眼前这一幕，他们没有想到，树洞深处竟然还藏着一个人和一条超过五米长的蟒蛇。

热带丛林的暴雨来得快，去得也快，外面的雨已经差不多快要停了。

白老板皱了皱眉头，丢下小胡子等人，带着自己的保镖匆匆离开树洞。

小胡子等人手持突击步枪，散成圈状，围在四周，一时之间也弄不清楚状况。

"呀——"只听陆川怒吼一声,翻身骑坐在蟒蛇身上,粗壮的臂膀箍着蟒蛇的七寸。就听"嘣咯"一声脆响,陆川卯足力气,生生拗断了蟒蛇的七寸。

陆川甩了甩有些发麻的臂膀,气喘吁吁地爬了起来。他不会想到,这场暴雨将他的人生推向了另一个转折。

"不许动!"

一个冰冷冷的声音从背后传来,一个硬邦邦的东西顶住了他的后背。

"放下武器,慢慢转过身来!"小胡子冷冷命令道。

现在的陆川被好几把枪包围着,唯有听从小胡子的命令。他丢下军刀,举起双手,慢慢转过身来,看见了小胡子那张猥琐而傲慢的脸。

"你是什么人?"小胡子直视着陆川的眼睛,厉声喝问。

陆川抿了抿嘴,没有说话。

"你刚刚看见我们的交易了?"小胡子又问了一句。

"我刚在里面睡觉,不知道你说的交易是什么!"陆川淡淡回答道。

"别装蒜!"小胡子用枪管戳了戳陆川的胸口,"既然你看见了我们的交易,那么便留你不得!"

陆川知道这些人都是穷凶极恶之徒,杀人不会眨眼,于是急中生智,突然问道:"你们是曼陀罗的人吗?"

小胡子抬头打量着陆川,陆川舔了舔干燥的嘴唇,"我想见阮老板!"

"你要见阮老板?"小胡子蓦然一怔,果然没有开枪。

陆川点点头,"对!"

小胡子冷笑两声,"你跟阮老板很熟吗?"

陆川深吸一口气,"我来炼狱丛林就是想要拜访阮老板,因为……我想加入曼陀罗集团!"

小胡子盯着陆川看了好几秒钟,冷笑着说:"你想加入我们?!凭什么?"

陆川一脸肃色,"凭我这一身本事!我是政府通缉的要犯,现在无路可去。我听说阮老板喜欢收留各路豪杰,所以我想去投奔他!"

小胡子摸了摸下巴,对旁边的手下说道:"把他给我捆上带回去!"

两个毒贩走上来,一人用绳索反绑住陆川的双手,一人用黑带子蒙住陆川的眼睛。

小胡子拍了拍陆川的脸颊，冷冷说道："小子，至于你是不是豪杰，阮老板会不会收留你，那就要看你自己的本事了！当然，希望你不是警察之类的，你知道，阮老板可是最痛恨叛徒和卧底的！"

　　"放心吧！我不是卧底！"陆川说。

第三章 活下去！

"哈哈哈！"阮七朗声笑了笑，张开双手，"陆川是吧？欢迎加入曼陀罗！从今往后，你就跟着我吧！小子，好好干，前途无量！"

陆川暗自捏了把冷汗，原来这根本就是一个局，为的就是考验他，幸好刚才没有过多的犹豫，要不然还真过不了这一关，差点就被阮七那混蛋给骗了。

"到了！"

小胡子伸手摘下陆川头上的黑带子。

陆川揉了揉眼睛，好一会儿才逐渐适应了外面的光亮。

命运就像开了一个玩笑，没想到时隔几年之后，陆川居然又回到了这里。这里的每一寸土地上都有兄弟们的热血，甚至连这里的风中，仿佛都有兄弟们留下的味道。

熟悉的山峦，熟悉的吊脚楼，闭上眼睛，陆川仿佛又回到了那个枪火纷飞的夜晚，那个让他终生难忘的夜晚。

"小子，站在这里不要乱跑，我去向阮老板报告！你知道的，在这里，不守规矩的下场就只有一个字——死！"小胡子扬了扬手枪，转身往建筑群中央的那座最大的吊脚楼走去。

这里随处可见三三两两的武装分子走过，每个人都带着枪械，他们打量着陆川，眼睛里闪烁着凶狠的光。曼陀罗集团是炼狱丛林里最强悍的一支武装犯罪集团，兵力众多，再加上制贩毒为他们积累的雄厚财力，这里的武器装备都很先进。

其时正值夕阳西下，晚霞染红山巅洒落在村庄里，看着很美，但掩饰不住暗涌的血腥的罪恶。

小胡子从竹楼里面走了出来，冲着陆川招了招手，"进来吧，阮老板要见你！"

陆川点点头，跟着小胡子走进那座吊脚楼。

屋子中央铺着一张虎皮地毯，一个四十多岁的中年男人正盘膝坐在地上，他就是有着"毒王"之称的阮七。阮七皮肤黝黑，右手拇指戴着一个翡翠扳指，晶莹剔透。他虽然貌不惊人，气场却非常强大，坐在那里，哪怕一句话不说，也会让人大气都不敢喘一下。

此时此刻，阮七正在用餐，他的面前摆着一个盛装着牛排的餐盘。

"老板，人给你带来了！"小胡子鞠了个躬，退到边上。

"阮老板！"陆川抱拳行礼。

"你叫什么名字？"阮七专心地切割着盘子里的牛排，连眼都没有抬起来。

"陆川！"

阮七叉起一块牛肉放进嘴里，津津有味地咀嚼起来，"听说你想跟我？"

陆川咬咬嘴唇，"对！我被人追杀，无路可去，听闻阮老板是个豪迈仗义之人，喜欢召集各路英雄豪杰，所以斗胆前来投奔！"

咕噜！

阮七咽下嘴里的牛肉，举起桌上的高脚杯，浅尝了一口红酒，"你凭什么认为自己能够留下来？"

"本事！"陆川淡淡的回应着。

"哦？你有什么本事？你要知道，我这里从来不缺有能力的人！"阮七指了指四周。他的身旁站着数名壮汉，都是阮七的贴身保镖。

陆川扫视一眼四周，从容地说道："我的能力绝对在他们之上！"

陆川这话一下子就把那些人激怒了，数道凶悍的目光齐刷刷地落在陆川身上。

"哦？！"阮七放下酒杯，冷笑两声道："好大的口气！你要知道，有些牛皮不是靠吹出来的！"

陆川目光炯炯地盯着阮七，"我陆川从来不喜欢吹牛皮！"

阮七继续切割着盘子里的牛排，"小子，你知道吗？你的态度很傲慢啊！不过嘛，我喜欢！哈哈哈！你真像我年轻的时候！不过你既然说自己很有本事，那我倒想看看，你究竟有多大的本事！"

半个钟头后，阮七带着陆川来到村子后方，面前的沙地上立着一圈石头堆砌的围栏。

"听说过古罗马的斗兽场吗？"阮七突然问。

陆川的心猛地一跳，脸色沉了下去，点了点头。

"古罗马军团为什么会如此强大？他们把斗兽场存活下来的勇士组成精锐的战斗兵团，所向披靡，战斗力超群！但凡能够跟着我阮七的人，除了要有聪明的头脑，还得有过人的胆量！那么现在，就请你证明你的本事给我看看吧！当然，你也可以选择拒绝，那你永远都将是一个喽啰！我是欣赏你的性格，才给你上位的机会！"阮七拍了拍陆川的肩膀。

"谢谢阮老板的赏识，我一定不会让你失望的！"说完这话，陆川昂首走进了斗兽场。

这不是陆川第一次走进斗兽场，而这一次他所要面对的又会是什么呢？

斗兽场外，阮七在一张凉椅上舒舒服服地坐了下来。一人递上雪茄，另一人给他点上火。阮七吐了口烟雾，一副坐山观虎斗的悠然表情。

"老板，这小子能够活着出来吗？"小胡子在阮七的耳边问道。

阮七冷冷笑道："倘若不能活着出来，那他也就没有资格跟着我混！"

陆川站在斗兽场中央，夕阳渐渐西沉，地仿佛染上了一层鲜血。

晚风带来丝丝森冷凉意，使整个斗兽场弥漫着一股浓浓的死亡气息。在那些石头围栏上面，还能看见斑驳的血迹，也不知道是谁留下的。

陆川微微闭上双眼，均匀地呼吸着，他的眼前掠过那一张张熟悉的脸庞。他在心里暗暗发誓，为了复仇，无论怎样，他都要努力活下去！活下去！！

"吼！"

一阵野兽的嘶吼声从身后传来。

陆川猛然睁开双眼，当他转过身的时候，看见不远处竟走出两只吊睛猛虎！

嘶！

陆川倒吸了一口凉气，这个阮七真够狠的，居然养了两只丛林虎。

阮七的声音从围栏外面传来："别把我的老虎弄死了，你的命赔不起！"

又要活下去，又不能弄死老虎，那就只能是制服。可是陆川现在赤手空拳，要想制服两只猛虎谈何容易，这个要求对于陆川来说，无疑是难上加难。

陆川慢慢攥紧拳头，掌心里溢出细密的冷汗。

两只丛林虎的眼睛里闪烁着饥饿的寒光，它们躁动不安地在陆川面前走来走去，不时发出低沉的怒吼，那森冷的虎牙令人望而生畏，哈喇子止不住地顺着唇角滴落下来。

"吼！吼！"其中一只猛虎用爪子刨了两下地，后腿猛地一蹬。丛林虎的后腿强壮有力，这一蹬就飞到半空中，一下子拉近了和陆川的距离，扑跃下来时，锋利的虎爪闪烁着慑人的寒光。

陆川早已有所防备，丛林虎的速度很快，陆川的躲避也很快，就地一滚，从猛虎的腹下躲了过去，猛虎扑了个空，这让它异常恼怒，对着陆川连连嘶吼。

陆川此刻的处境非常危险，两只猛虎一前一后将陆川堵截在中间。陆川的脸上布满冷汗，精神高度集中。

夕阳渐渐沉入云海，村庄里的光亮也迅速黯淡下去，斗兽场上只剩下最后一抹残阳的余光，天色开始变得昏暗起来。

陆川深吸一口气，他必须在天黑之前制服这两只猛虎，否则等到夜幕降临的时候，能见度很低，他的处境将会变得更加危险。

"吼——"一声低沉的咆哮，两只猛虎竟然同时冲向陆川。

丛林虎在猎杀目标时，奔跑速度快如闪电。陆川要想做出躲避动作已经来不及了，看样子他会在瞬间被两只猛虎撕成碎片。

对于经历了无数次生死的陆川来说，在面对危险的时候，他的反应力大大超乎常人。就在两只猛虎凌空扑落的一刹那，陆川做出一个谁都想不到的规避动作，他直挺挺地倒在了地上。而就在倒地的瞬间，两只猛虎如同两道闪电，从他的身上凌空交错而过，一前一后交换了位置，同时扑了个空。

"老板，这小子确实有些本事！"小胡子摸着下巴说。

阮七点点头，摁灭手中的雪茄，脸上挂着阴冷的笑意。

只见陆川沉声喝气，一个鲤鱼打挺弹了起来，然后拔足狂奔，一路冲到围栏边上。

小胡子不由自主地皱起眉头，"怎么着？他想逃跑吗？"

陆川这一跑，两只猛虎怒吼着追上来，它们是不可能轻易放过送到嘴边的食物的。

前面是一道高高的石头围栏，要想爬出去非常困难。

陆川当然没有打算爬出去，他必须全力争胜，获取阮七的信任。在靠近围栏的那一刻，陆川猛地发一声响，腾空高高跃起，伸足在围栏上使劲一点，凌空一个后空翻，刚好落在两只猛虎后面。

两只猛虎追到围栏下，突然失去了陆川的身影，不等它们回过神来，陆川飞身跃到一只猛虎背上，使出千斤坠的功夫猛然下压，然后左手抓着虎皮，右手抡起拳头，砰地抡砸在猛虎的脑袋上。

陆川的力道何等沉重，一拳就砸得那只猛虎眼冒金星。

砰！砰！砰！

连续几拳下去，那只猛虎连站都站不稳了，就像喝醉了酒一样，脚步踉跄，闷哼两声，摇晃了两下，庞大的身躯轰地倒在地上，眼神呆滞，已然陷入半昏迷状态。

陆川顺势从虎背上滚落下来，不等他站起身来，另一只猛虎突然闪电般蹿上来,强而有力的虎爪按在陆川的双肩上,一下子把陆川扑倒在地上,死死压住。

"吼!"猛虎发出怒吼声,浓烈的腥风喷在陆川的脸上。此时此刻,那颗硕大的虎头距离陆川只有不到五十公分,锋利的獠牙就像刀子一样,明晃晃地倒悬在陆川的脑袋顶上,这一口咬下来,注定陆川会成为一具无头死尸。

肩膀上传来火辣辣的剧痛之感,锋利的虎爪插入陆川的肩窝,皮肉被撕裂开,一片鲜血淋漓。

"老板,需要救他吗?"小胡子问阮七。

阮七摇摇头,眼神里射出一道精光,"依我看,这小子的潜力大着呢,死不了的!"

阮七话音刚落,只听斗兽场里的陆川发出一声比野兽还要可怕的怒吼。

陆川提膝顶住猛虎的腹部。接下来,不可思议的事情发生了。

那只数百斤重的猛虎竟被陆川凌空掀了一个跟头,虎背朝下,重重地跌落在地上,发出轰然闷响。

所有人都不敢置信地睁大了眼睛,几秒钟之前,所有人都认为陆川必死无疑!没想到在这生死关头,陆川竟然爆发出惊人的潜能。

陆川顾不及肩膀的伤痛,翻身爬起来,骑坐在猛虎身上,左右开弓,连续数拳打在猛虎的脑袋上,猛虎毫无招架之力,只有趴在地上喘息的份儿。

陆川,这个可怕的男人,居然赤手空拳放倒了两只丛林虎,他的表现让在场众人深深震惊。

暮霭沉沉,陆川高大的身影站在最后一抹残阳里,夜风拂动他的衣衫,猎猎作响。

啪!啪!啪!

阮七站起身来率先鼓起掌来。

陆川拖着疲惫的身躯,气喘吁吁地走出斗兽场。

"小子,干得漂亮,确实挺有能耐的,我欣赏你!"阮七指着陆川,微笑着说。

陆川抬头看着阮七的眼睛,"那我能跟你了吗?"

阮七咧嘴一笑,"还有一件事情,做完了你就可以了!"

"什么事情？"陆川问。

"很简单！"

片刻之后，陆川跟着阮七来到一间破烂的柴房。

昏暗的灯光下面坐着一个人。那人蓬头垢面，双手被反绑在椅子后面，脸上布满斑驳的血迹，看上去气若游丝，奄奄一息。

"这些年有很多人跑来投奔我，但是其中一些想要故意接近我的人都死了，你知道为什么吗？因为他们都是卧底，他们并不是真心诚意地想跟我，他们是想出卖我！"说到这里，阮七扭头，犀利的眼神直视着陆川。

陆川微微皱起眉头，"我不是！"

阮七的目光在陆川脸上来回扫视，停留片刻之后，拍了拍陆川的肩膀，呵呵一笑，"我知道你不是！我也相信你不是！不过光是我相信你还不够，你得让我手下的兄弟们信服！"

说到这里，阮七往陆川手里塞了一把手枪，指着那个被捆绑的人，冷冷命令道："这人是个警察，给我杀了他！"

什么？！

陆川的心微微颤了一下，这个阮七，摆明了出道难题考验他，想要测试他的真正身份。

看来阮七相当奸险狡诈，而且做事缜密，小心谨慎。

"怎么着？不敢吗？还是舍不得？"阮七看陆川的眼神已经开始有了变化。

陆川咬咬牙，举起手枪顶着那人的脑袋，"不就杀个人，有什么不敢的！"陆川表面说的"阴冷凶狠"，其实内心却在默默说："对不住了，兄弟！"

咔！

陆川扣动扳机，但是枪膛里却传来清脆的空膛声响。陆川微微一怔，原来枪膛里根本就没有子弹。

这个时候，那个被反绑双手的人也站了起来，拍着陆川的肩膀道："小子，够狠的呀！"

"哈哈哈！"阮七朗声笑了笑，张开双手，"陆川是吧？欢迎加入曼陀罗！从今往后，你就跟着我吧！小子，好好干，前途无量！"

陆川暗自捏了把冷汗，原来这根本就是一个局，为的就是考验他，幸好刚才没有过多的犹豫，要不然还真过不了这一关，差点就被阮七那混蛋给骗了。

阮七对于陆川的表现相当满意，不仅让医生给陆川包扎肩膀上的伤口，还给陆川分了一套大房子。

"从今往后，这里就是你的家！我阮七最欣赏的就是有胆量又有本事的人！只要你好好干，我一定不会亏待你的！哈哈哈！"阮七转身离开。

推开窗户，小村庄一片静谧，夜风拂面，有些微凉。

陆川抬头凝望着繁星满天的夜空，在心里默默发誓："我一定要在这个地狱里活下去！"

第四章　最强战士

阮七皱了皱眉头,"他想杀你?!他为什么要杀你?"

陆川收回目光,淡然说道:"我也不知道!"

阮七勾了勾手指,身后的保镖会意,递给阮七一把手枪。

陆川心中一惊,阮七莫不是要对自己下手?大象可是阮七麾下的第一猛将,现在大象伤成这样,阮七肯定不会放过自己!

乒乒乒乒！

朦胧的月色下面，陆川挥汗如雨。他的面前立着一个练拳木桩，他双手缠着绷带，围着木桩凶猛踢打。这个木桩在陆川的眼里，时而变成西蒙，时而又变成阮七。

夜已深了，但是陆川却睡不着，在这样一个狼窝里，陆川必须时刻保持自己的战斗状态。

"呀！"陆川突然一声怒吼，眼睛里喷出两道炽烈的火焰。他提膝撞击在木桩上面，木桩顿时出现一丝裂痕。伴随着"砰"的一声响，陆川闪电般出手，一记肘击，将木桩上面的一根手臂粗壮的横木生生折断。接着陆川突然向后弹开两米有余，右腿凌空扫过一道漂亮的弧线，又快又急，将那个粗壮的木桩拦腰扫断。半截木桩飞向空中，翻滚两圈之后，落在陆川身后。

呼！

陆川吁了口气，调匀呼吸。

啪啪啪！

身后传来鼓掌的声音。

陆川蓦然回头，只见身后不远处站着一个身材魁梧的壮汉，他的身影在黯淡的油灯光下若隐若现。这个人陆川认识，他是阮七的贴身保镖头头，叫什么名字陆川不太清楚，只知道他的绰号叫"大象"。

这人长得又高又壮，身高逼近两米，天生蛮力，那身紧绷的肌肉令人望而生畏。据说他能一拳打死一头成年公牛，所以人们给他取了个"大象"的绰号。传闻他以前是某国海军陆战队队员，常年在中东地区作战，后因私自处决俘虏，遭到军方追捕。大象一路逃到这里，凭借着一身本领，从贩毒小卒做起，一路做到现在的位置，在曼陀罗集团里面也算是个响当当的大人物。

陆川来到曼陀罗集团还不到一个月，平日里大多时候都待在屋子里练拳，跟大象也没有什么交集，所以对于他的深夜突然造访略感意外。

"身手不错！"大象咧嘴笑了笑，从黑暗中慢慢走了出来。

"有事么?"陆川盯着大象，心中暗自警惕。陆川很清楚，在这里，需要防备身边的每一个人。

大象比陆川高出半截头，一副居高临下的模样，表情阴冷。他身上的杀气非常重，气场强大，那是只有经历过战火洗礼的人才会拥有的气场。

大象仿佛在自言自语，又仿佛是在讲给陆川听："以前我在海军陆战队服役，一干就是十年。之后我来到曼陀罗集团，奋斗了五年，为集团立下汗马功劳，才有了今天的地位！"

陆川面容冷峻地看着大象，"你来应该不是单纯地想给我讲故事吧？"

大象冷哼两声，眼神里明显透露出不太友好的神色，"我就想不明白了，你初来曼陀罗集团，为什么不从最底层干起，一进来就能享受这样的待遇？"

陆川抿抿嘴，冷笑道："承蒙阮老板关照！听你的口气，好像对我有这样的待遇挺不满的？如果你觉得有什么不妥，可以直接去找阮老板谈！时间不早了，我要休息了！"

陆川冷冷看着大象，摆明已经下了逐客令，他的心里已然明白，大象今日来找他，纯粹是来找茬的。自从陆川来到曼陀罗以后，阮七就对他非常欣赏和关照，大象感觉自己被阮老板冷落，有种失宠的感觉，所以迁怒于陆川。

在这样的环境里，争权夺利的事情屡见不鲜。但没办法，这就是炼狱丛林的生存法则。

大象扭了扭脖子，骨头发出咔咔声响，又捏了捏拳头，然后盯着自己的拳头，口吻冰冷地说道："我这人最喜欢和高手过招，这几年集团里面已经找不到对手了，你的出现终于让我找到了一丝久违的快感。我相信，你绝对不会让我失望的，对吧？"

陆川抿嘴一笑，"恐怕我要让你失望了，你我都为阮老板效力，没必要窝里斗！"

"你错了！自打你进入曼陀罗集团的那天起，我就从来没有把你当成自己人！"大象伸出粗壮的手臂，拦住了陆川的去路。

陆川耸了耸肩膀，"有一点我不太明白，我们之间有什么矛盾过节吗？"

"没有！都没有！"大象咧嘴笑了起来，伸手指着陆川说道："忘记告诉你一件事情，我杀人从来不需要理由！如果你想要个理由，我只能告诉你，唔，我看你很不爽！"

话音未落，大象突然踏前一步，醋坛子大小的拳头就像脱膛而出的炮弹，猛然轰向陆川的面门，力道奇大，空气里传来布匹撕裂的呼啸之声。

别看大象身高体壮，但是动作却很灵敏，一点也不拖泥带水，这一拳快如闪电，其势如炮，原地发力的这一拳足以轰爆陆川的脑袋。

幸好陆川暗地里早有防备，大象这一拳虽然又快又急，但是陆川的反应同样也是迅疾如风，他双手交叉成十字护在面门前，同时向后急退。

砰！

一声闷响，大象这一拳轰击在陆川的十字横档上面，就像一颗炮弹落入了网窝里。

陆川虽然硬生生挡住了大象的拳头，但是这拳道实在是太生猛了，千斤之力就像一双无形的手，推着陆川连续后退了五米有余方才刹住脚步。

陆川长长地喘了口气，将胸口里翻涌的气血压制下去，他使劲甩了甩两条发麻的手臂，心中暗自惊叹："不愧是海军陆战队队员，是个硬角色！"

大象冷冷一笑，"能够挡住我一拳，确实不错！"

陆川目光一沉，"我最后说一次，我不想跟你动手！"陆川并不是懦弱，他有自己的考虑和顾忌。倘若是在外面，陆川肯定跟大象斗个鱼死网破，但目前还在曼陀罗的大本营里，大象也是位高权重的人物，跟他对打势必会惊动阮七。陆川刚刚进来，暂时还不想惹事生非，以免失去在阮七心目中的地位。

不过，大象咄咄逼人，他的拳头捏得咔咔脆响，一脸冷傲地走了上来，"反正你打与不打，都不会看见明天清晨的太阳！"

大象的眼神里闪烁着冰冷的杀意，他的话已经说的很明白，今晚他就是来取陆川性命的。在这种地方，杀人确实不需要太多的理由，正如大象所说，也许只是因为看不顺眼。

陆川暗吸一口气，看样子今晚的恶战是在所难免了。

呼！

大象又是一拳轰出，他的拳路简单粗暴，没有过多的花招，因其速度快，力量大，所以产生的杀伤力也非常强大，达到这种力道的人，也没有必要再去玩那些花拳绣腿。

陆川早有准备，脚尖在地上使力一点，整个人飘然后退，轻如旋风。

31

大象这一拳打了个空，拳头贴着陆川的鼻尖扫了过去，猛烈的拳风还是让陆川感到脸颊一阵火辣辣的疼。

啪！

陆川在后退过程中，扭转腰身，突然反击，一记漂亮的鞭腿抽打在大象的脸上。

大象慢慢回过头来，瞳孔里寒意汹涌，一缕鲜血顺着他的嘴角流下来。他抹了一把嘴角的血渍，怒骂着冲上来，提膝撞向陆川的腹部。

腹部是人体最柔软的地方，如果这里遭到重击，全身都会失去战斗力。陆川双手护住腹部，挡住大象这一击。

但是大象这一击实在太沉，陆川情不自禁地弯下腰去。就在这一刹那，后背露出空当，大象抬起臂膀，一记沉重的肘击砸在陆川的后背上。

陆川只觉眼前一黑，五脏六腑仿佛都被移了位，喷出一口血，一下子摔倒在地上。

"去死吧！"大象咯咯一阵冷笑，抬脚朝着陆川的脑袋踩下去。

陆川虽然遭受重击，但头脑清醒，着地一滚，生生避开。

砰！

大象　脚将地面踩得凹陷下去，倘若这脚踩在陆川的脑袋上，那后果不堪设想。

陆川贴地滚到大象脚下，一把抱住大象的双腿。

大象长得很高，通常高个子的下盘都不是很稳，陆川决定不与大象正面交锋，转而攻击他最薄弱的地方。

果然，陆川双手猛地一拽，大象站立不稳，就像门板子一样，直挺挺地摔在地上，眼冒金星。

不等大象爬起来，陆川翻身骑坐在大象身上，将大象压制在地上，兜拳甩在大象的下巴上。

就听"嘣咯"一声响，大象下巴脱臼，他半张着嘴巴，疼得龇牙咧嘴，却又无法叫喊。

大象怒极，拼命挥拳砸向陆川的面门。

陆川左手架住大象的拳头，右手横扫而出，重重地打在大象的手腕上。

陆川的力道非常强劲，而手腕又是脆弱的地方，伴随着一声骨头断裂的脆响，大象的手腕应声而断。

"啊——"大象从喉头深处发出歇斯底里的痛苦嘶吼。他的下巴本来已经脱臼,这一吼,嘴巴被扯得变了形,看上去非常可怕。

陆川再次高高抡起拳头,瞳孔里闪烁着野兽般的寒光,在这里,不是你死就是我亡!

"住手!"就在这时候,有人冲进后院。

院落里一下子亮了起来,数根火把燃烧着,把夜空照耀得如同白昼。十多个人散开成圈,举起突击步枪指着陆川。

陆川喘了口粗气,冷冷瞥了大象一眼,站了起来。

人群自动让开一条道,阮七在两名保镖的陪同下走了上来。他看了一眼地上的大象,"怎么回事?"

陆川指着大象说:"他冲进来,想要杀我!"

阮七皱了皱眉头,"他想杀你?!他为什么要杀你?"

陆川收回目光,淡然说道:"我也不知道!"

阮七勾了勾手指,身后的保镖会意,递给阮七一把手枪。

陆川心中一惊,阮七莫不是要对自己下手?大象可是阮七麾下的第一猛将,现在大象伤成这样,阮七肯定不会放过自己!

砰!

枪声响起。

陆川一震,背上渗出细密的冷汗,他发现自己还活着,没有感到任何痛楚。

这时陆川才发现,手枪的枪口是朝下的,阮七刚才这一枪竟打穿了大象的脑袋!

阮七将手枪丢还给身后的保镖,掏出手巾擦了擦手,口吻冷漠地说:"偷鸡不成倒蚀一把米,手都断成这样,以后也不能为我做事了,我没必要养着一个废人!"

陆川的心里微微颤抖了一下,他明白,在阮七的心里,所有人都是手中的棋子,当这颗棋子没有利用价值的时候,随时都有可能被他抛弃。

"小子,连大象都被你干倒了,相当不错!大象来杀你,是他自讨苦吃!"阮七冲陆川微微一笑,从衣兜里摸出一盒雪茄,抛给陆川,"这是给你的奖励!好好表现,不要让我失望!"

陆川接过雪茄,点点头,"我会的!"

阮七拍了拍陆川的肩膀,带着手下转身离开。

陆川摩挲着手里的雪茄，他知道这盒雪茄意味着什么，是阮七对他的器重和肯定。

几日后，阮七派人把陆川叫到自己的屋里。

"阮老板，你找我？"陆川抱拳行了个礼。

"坐！"阮七指了指矮几对面。

陆川点点头，盘膝坐下。

矮几上面摆放着两份牛排，散发着浓郁的黑胡椒香味，还有那让人垂涎欲滴的金灿灿的煎蛋。

阮七举起一瓶高档红酒，给陆川斟上一杯，"吃牛排一定要配上红酒才有滋味！"

阮七切了块牛肉塞进嘴里，咀嚼两下，然后浅尝一口红酒，脸上露出满足陶醉的表情。

"怎么样？"阮七问。

"味道不错！"陆川回答。

阮七说："我是问你红酒配牛排的感觉怎么样？"

陆川咬了一口煎蛋，"实话讲，并没有多大感觉，反而还有些破坏牛排的口感！"

阮七停下刀叉看着陆川，突然哈哈大笑起来，"说得好！其实我也是这么觉得的，真不明白那些西方人吃牛排的时候怎么喜欢喝红酒，就喜欢装情调，所以我有时候也跟着装一装！陆川，你知道我欣赏你哪一点吗？"

陆川摇摇头。

阮七收住笑声，"我欣赏你的实诚！你知道吗？这么久以来，你是第一个敢在我面前说红酒配牛排口感不好的人，而说这句话的前提，是你看见了我的'红酒配牛排'！很多人都会在这个时候拍我的马屁，但是你没有！"

"谢谢老板！"陆川嘴上说着谢谢，心里却暗暗捏了把冷汗。像阮七这样的人，脾气古怪，生性多疑，在他身边做事的时候，哪怕有一点点不合他的心意，都有可能被他冷落。

"老板，今天你把我叫过来，不是单单为了请我吃牛排吧？"陆川问。

阮七道："过两天你跟我出去一趟，有个活动需要你参加！"

"什么活动？"陆川放下刀叉。

阮七淡淡一笑，"你最擅长的，格斗！"

"格斗？！"陆川微微一惊。

"对！格斗！地下格斗！"阮七端起酒杯呷了一口，"每年我们几个公司之间都会举行格斗赛，总奖金一千万……美金！"

阮七竖起一根手指，说到"一千万"的时候特意停顿了一下，然后加重"美金"两个字的语气，强调这是一笔数目可观的奖金。

一千万美金？！陆川暗暗咋舌。

"你让我去赢取这一千万美金？"陆川问。

阮七笑了笑，"如果你能赢回一千万固然是最好的，当然如果你赢不了，对于我来说也没有什么，关键是……你就不能活着回来了！因为格斗赛的规则是，只有最终的胜者能够存活！只要你能活下来，其中的一百万美金就是你的！"

陆川倒吸一口凉气，原来这是生死赛，只有最终获胜的人能够活下来，这完全是在赌命啊！

"实话讲，大象已经为我连续赢过两届冠军！你能打倒大象，说明你比大象的战斗力更强，你现在可是曼陀罗集团的最强战士，我对你充满信心！"说到这里，阮七站起身，拍了拍陆川的肩膀，"我想你是不会拒绝我的吧？"

阮七都把话说到这个份上了，如果拒绝的话，自己的地位肯定不保，看样子这次的格斗赛只有硬着头皮顶上去了。

陆川直视着阮七的眼睛，咬咬牙，"承蒙老板看得起我，给我这个上位的机会，我怎么会轻易放弃呢？"

"哈哈！说得好！"阮七朗声大笑，对陆川的回答相当满意。

临走的时候，阮七递给陆川一个牛皮口袋，"这次你最大的对手是一个名叫金刚狼的职业格斗高手，这是他的比赛录像，你回去研究研究，做好准备！另外袋子里还有一万美金，是我单独给你的零花钱，你可以去村子西面的红灯区玩玩，放松心情！"

"谢谢老板！"陆川抓起牛皮口袋，转身走出屋子。

陆川回到自己的屋子，打开牛皮口袋，从里面滑出一盒录像带，以及一捆美元钞票。

陆川冷冷笑了笑,将那捆美金随手扔到边上。在这个闭塞的村庄里面,金钱除了能换取毒品和女人以外,好像真没有其他太大的用途,而且这两样东西都不是陆川想要的。

陆川捧着那盒录像带,有种莫名的沉重。

电视上一阵雪花闪烁过后,出现了录像画面。由于是非正常拍摄,所以画质显得有些粗糙。可以看见在一个昏暗的擂台上面,两个选手正像两头野兽一样地搏斗着,现场的观众很多,不断传来口哨声和叫喊声。

左边那人皮肤黝黑,顶着光头,头上密布着晶莹的汗珠。他的双手缠着绷带,不时提起膝盖护在胸前,这是典型的泰拳防御姿势。此人虽然体型偏瘦了一点,但是身上的肌肉很结实。

再看右边那人,体型魁梧,高出对方近半个脑袋,留着一头金发,脸部的轮廓就像用刀子雕刻出来的一样。他的眼睛是蓝色的,眼神冰冷。他打着赤脚,穿着一身白色的格斗服,腰间系着一条黑丝带,上衣半敞着,隐约可以看见他的左边胸口上,还有一个狼头模样的纹身。毫无疑问,这个金发男人就是阮七所说的"金刚狼"。

金刚狼微闭着眼睛,貌似没有把对手放在眼里。

两三个回合下来,只见金刚狼抬脚一记凌厉的横扫,泰拳选手的左腿便瞬间折断成"L"形状,惨叫着倒在地上,模样十分凄惨。

躺在地上的泰拳选手对着金刚狼连连摆手,脸上写满惶恐之色,接着拖着断腿,艰难地朝擂台边上爬去,试图逃离这里。

金刚狼不紧不慢地来到泰拳选手身后,嘴角露出一抹残忍的冷笑,他伸手抓住对方的裤腰带,将泰拳选手凌空高举过头顶。在空中如同风轮般旋转两圈之后,突然将泰拳选手头下脚上地翻转过来,猛地往下摔落。

金刚狼松开双手,泰拳选手的尸体软绵绵地倒在擂台上。

全场观众尖叫连连,金刚狼高举双手,绕着擂台走了一圈。

画面的最后出现了一张金刚狼的近照,照片旁边出现几行字幕,是关于金刚狼的介绍:

真名:不祥。

绰号:金刚狼。

职业选手,身份神秘,格斗天才,不知师从何处,自出道以来横扫全球,未尝败绩,迄今为止已有百场以上胜绩。

嘭!

陆川打开一罐啤酒,仰脖喝了一口,目光冷冷看着金刚狼的照片。

这是一个非常强大的对手,这次的任务只许成功不能失败,因为一旦失败,死在擂台上面,再无机会查出当年出卖战狼的幕后真凶,一切心血都会付之东流。

第五章　地狱牢笼

金刚狼转身的速度非常快，但是陆川出手的速度更胜一筹，一道寒光贴着金刚狼的腹部飞掠过去，快如闪电。

金刚狼只觉腹部微微一凉，几乎没有感觉到任何痛感，几秒钟过后，黏糊糊的液体滴滴答答落在地上。

一周之后，陆川跟随阮七来到了一个秘密的地下场所。这里是一座废弃的地下堡垒。

这座地下堡垒应该是贩毒集团经常聚会的地方，里面戒备森严，不仅有规模庞大的电脑机房，还有许多电视屏幕，很多工作人员在里面忙碌着。

地下堡垒的中心空间宽阔，正中间是一个布满灰尘的擂台。四角架着射灯，雪白的光束将擂台映照得明晃晃的。

"好好打，我想你不会让我失望的，对吧？"阮七拍了拍陆川的肩膀，咬着雪茄，转身走向贵宾观看席。

参加地下拳赛的选手陆续来到这里，聚集在擂台四周。

陆川站在角落里，目光飞快地扫了一圈。参加此次比赛的选手多达十六人，他们来自世界各地，都是经过严格挑选出来的格斗高手，每个人都是可怕的杀人机器。此时，有的人沉默不语，有的人低头冥想，有的人狂妄叫嚣，还有人相互谩骂，狂躁的杀气弥漫在每个人的心头。

就在这时候，陆川突然觉着背脊一凉，那是一种被野兽盯上了的感觉。陆川蓦然回头，一道冰冷的目光穿过人群射向了他。

金刚狼?!

两道目光在空中碰撞——在人群后面，站着一个体型魁梧的男人，那一头金色的头发格外显眼。

金刚狼咧嘴笑了笑，举起右手架在脖子上，冲着陆川做了一个割喉的动作。

陆川明白，这是金刚狼在向自己宣战!

陆川移开目光，在这十六位选手里面，除了金刚狼以外，还有两个选手引起了陆川的注意。

一个人年纪约莫三十来岁，站在那里毫不起眼，但他自始至终气定神闲，闭目养神，显得无比自信。

还有一个人，是场上唯一的女选手，身材火辣，五官精致立体。作为一个女人，敢站在这个本属于男人的擂台上，那她绝对是一条致命的"毒蛇"!

当！当！当！

清脆的铜铃声响起，紧接着传来主持人的声音："请选手登台！"

十六位选手站在擂台下面，主持人每喊一个人的名字，那个人就走上擂台，接着主持人对上台的选手进行短暂的介绍。

陆川留意的两个人，一个叫武藤雄，是个合气道高手，那个美女名叫茜拉，是个职业杀手。

这个四方形的擂台很快就会变成修罗战场。十六条鲜活的生命，最后只能有一人活着离开。谁都想成为那唯一的幸运儿，可谁又有十成的把握能够站到最后呢？包括陆川，他也没有全胜的把握，但他选择毅然地站在这里，因为他并不是单单为自己而活。

所有选手准备就绪，只听一阵咔咔声响，一个跟擂台同样大小的铁笼子从天而降，将台上的所有人笼罩起来。

"我去！这是什么鬼东西？"有人叫骂起来。

一人冷笑回应："这都不知道吗？这叫困兽牢笼！"

主持人激昂的声音再次响起："欢迎大家来到困兽牢笼，直到比赛结束，牢笼才会开启，中途没法逃跑、没法退赛，要么是生，要么就是死！我相信你们每个人都会为了荣耀、金钱、名誉全力对战！比赛的规则很简单，那就是没有规则，你们可以各自发挥，以杀死对手为最终目的！听明白了吗？十秒钟后比赛正式开始！"

主持人举起手臂开始倒数："十……九……八……七……开始！"

一声令下，所有的灯光全都聚焦在擂台上面，场上一下子陷入死寂。空气就像凝固了一样，每个人都警惕地看着自己身旁的人，谁也不敢轻易出击。这不是单打独斗，这是十六人的大混战，谁都不想过早过多地消耗体能。

陆川不露声色地站在角落里。擂台的角落相对来说是一个较为有利的地方，因为背靠铁笼可以免受来自背后的偷袭，在这种大混战中，最害怕的就是遭到对手的背后偷袭。

"对了，忘记告诉大家，为了增加比赛的刺激性，也为了不让你们偷懒，这座牢笼不是普通的铁笼，而是通电的！"主持人的声音再次响起。

幽蓝色的电流在铁笼开始在铁笼上面游走，看上去就像无数冰蓝色的虫子在飞快爬行，着实有些骇人。

陆川马上往前移动半步，不敢太靠近铁笼。

时间一分一秒过去，还是没有人率先动手，整个擂台就像一个炸药桶，稍稍点一把火就会爆炸。

观看视频直播的观众已经等不及了，他们在网络里留言叫骂，很快刷爆了控制中心的服务器。主办方也有些招架不住了，一个负责人瞪红了眼睛，对主持人说道："观众需要的是鲜血淋漓的打斗，而不是一群木偶在台上散步。告诉他们，倘若六十秒之内还没人动手，他们将被射杀在擂台上！"

"所有选手听清楚了，如果在六十秒之内你们还不动手的话，你们所有人都将被当场射杀！"主持人这句简短的话语，就像惊雷般在选手们的耳畔炸响。

毫无疑问，这句话的威力是极其巨大的。选手们在静默了几秒钟之后，突然像一群苏醒的野兽，怒吼着扑向彼此。

整个擂台顿时沸腾了，十六位选手在铁笼里面激烈地打斗，没有同情，没有悲悯。他们用最原始最粗野的方式杀死彼此，就是为了争夺那唯一的存活名额。

在获悉射杀指令以后，一个叫奥卡斯的人率先出手，他的拳头势大力沉，又是突然出手，打了对方一个措手不及。站在奥卡斯身旁的一个选手面部中拳，捂着脸轰然倒地，鲜血从指缝里喷出来，飞溅在奥卡斯的脸上。

奥卡斯吸了吸鼻子，嘴角露出阴冷的笑意，血腥味令他整个人都变得兴奋起来。

那个选手挣扎着想要爬起来，但是，他已经没有站起来的机会了，奥卡斯左手抓住他的脑袋，右手一记凶猛的勾拳，一下子轰击在他的下巴上，当场就没了声息。

控制室的电脑屏幕上面有十六位选手的照片，此时，其中一张照片倏然熄灭，变成黑白色，上面出现一个鲜红色的大叉。

网上立即又掀起一片叫骂声，一些下注买了这个选手的赌徒只能自认倒霉。

随着时间的推移，擂台上不断有人倒下去，到处都是飞溅的鲜血。而控制室的电脑屏幕上，也不断有选手的照片变成黑白色。

来自世界各地的钞票源源不断地流进主办方的口袋。

陆川一直在观察场上选手的动态。

金刚狼的拳路以凌厉凶猛著称，力道非常恐怖。两个选手围攻金刚狼，就见他平平淡淡挥出几拳，那两个选手相继惨叫着倒在地上。其中一人的手指骨被击得粉碎，整个拳头都废掉了，疼得嗷嗷大叫。而另一人更惨，肩膀关节完全错位，哀嚎着抱着胳膊在地上翻滚，已经完全丧失了战斗力。

再看那个武藤雄，一副气定神闲的模样。一个选手悄无声息绕到武藤雄背后，对他发起袭击。武藤雄的后背仿佛长了眼睛似的，忽然向前迅速滑移一步，刚好避开了偷袭。不等对方收回手臂，武藤雄闪电般回手，一把抓住了那人的手腕，同时抬脚狠踹他的膝盖。那人双脚站立不稳，身不由己地跪了下去。藤雄右手手掌紧握成刀，迅疾如风，一记具有强大杀伤力的凶猛手刀已然刺中对方的咽喉。

茜拉真正站在格斗场上时几乎完全变了一个人。除了奥卡斯以外，就数茜拉杀的人最多。很多选手明显低估了茜拉的战斗力，当两位选手相继惨死在茜拉手里以后，她终于引起了其他选手的注意。

"小子，我注意你很久了，在这里无动于衷，是想坐收渔翁之利吗？"一个高大的身影出现在陆川面前，就像小山一样挡住了光亮。

陆川微微抬头，看见的是奥卡斯那张挂着张狂的面容。

在连续干掉四五位选手之后，奥卡斯的信心爆棚，放眼一望，发现陆川还没有参战，他以为找到了新鲜猎物。

陆川暗吸一口气，奥卡斯还是很有实力的，看来本次格斗赛就是一场硬仗。

奥卡斯捏了捏拳头，指关节传来咔咔咔的声响，"小子，我告诉你，在这擂台上面，只有一个人能够活下去，那就是我，奥卡斯！"话音未落，奥卡斯一拳轰向陆川面门。

奥卡斯突然发难，拳头又快又急，隐隐挟带着呼啸之声。奥卡斯的拳路其实很简单，就是依靠速度和力量取胜，很多选手虽能看清奥卡斯的拳路，但却躲避不了，因为他的拳速实在太快了。

呼！

陆川没有大幅度的规避动作，只是轻轻侧开脑袋，奥卡斯那颗如同炮弹般的拳头紧贴着陆川的脸颊飞了过去。

陆川的躲避看似简单，但并不是每个人都能做到，除了足够的胆量以外，还要有极其灵敏的反应速度。这也是其他选手无法躲闪的重要原因——他们还不够快！

奥卡斯微微一惊，他自己都没有想到，这十拿九稳的一拳居然会砸了个空。在他看来，陆川这样的角色，不出三个回合就能够拿下，所以这一拳在奥卡斯心中势在必得。

陆川在闪开的同时，右腿轻轻一挑，做了个隐蔽的小动作。

奥卡斯的脚踝被陆川绊了一下，重心不稳，向前扑了出去，一头撞在铁笼上面。铁笼上冰蓝色的电流瞬间穿过奥卡斯的身体，一缕青烟从奥卡斯的头顶上冒起。

虽然电流的威力并不足以致人死命，但却可以让人暂时失去战斗力。奥卡斯只觉满眼都是金星飞舞，头昏脑涨，想要骂却又骂不出声音。原本强而有力的四肢此时竟变得酸软无力，身体只能像滩烂泥一样瘫软在地。

奥卡斯又惊又怒，如果眼神能够杀人的话，陆川肯定已经被他切割成碎片了。没想到陆川只用了一个简单的小动作就把他打趴下了，这对趾高气昂的奥卡斯来说，实在是一件伤自尊的事情。

陆川站在奥卡斯面前，冷冷说道："你知道你犯了什么错误吗？"

奥卡斯的嘴唇张合了一下，眼神仿佛在说"不知道"！

陆川蹲下身来，双手抓住奥卡斯的衣领，臂膀发力，一下子将他拎了起来，然后直视着奥卡斯的眼睛，一字一顿地说道："你犯的错误就是——惹到我了！"

话音落下，陆川将奥卡斯猛地向后一推。

奥卡斯双腿发软，根本就站不稳，踉跄两步之后再次撞在铁笼上面。阵阵白烟从他身上蹿腾起来，发出一股股焦臭味。

半个时辰过去，擂台上横七竖八躺下十多具尸体，牢笼里弥漫着浓浓的血腥味。

此时此刻，擂台上面只剩下四位选手：陆川、金刚狼、武藤雄、茜拉，他们各自站在擂台的一个角落，彼此冷冷对峙着。

茜拉是四人当中干掉对手最多的，再加上是个女人，纵然她很厉害，但体能消耗也很大，要想与剩下的几个高手对决，她并没有必胜的把握。

茜拉转了转眼珠，扭头看向陆川。

刚才陆川击杀奥卡斯的时候，茜拉全都看见了，她知道陆川是个深藏不露的高手。

茜拉向陆川抛了个媚眼，声音中带着一丝挑逗："嗨！帅哥，我俩联手怎么样？"

陆川看了看面容冷峻的金刚狼以及默不作声的武藤雄，以他俩的性格肯定不会联手，所以陆川很爽快地答应了茜拉的提议："好哇！"

陆川知道这里面最厉害的是金刚狼，倘若先去对付金刚狼，很可能打得两败俱伤，最后岂不是被武藤雄捡了漏？所以稍做分析之后，陆川把目标对准武藤雄。

就在这时候，铁笼上方突然滑开一个缺口，一个箱子扔了下来。箱子翻开，里面竟然是几件亮闪闪的兵器。

主持人的声音随之响起："为了增加比赛的趣味性和观赏性，现在给选手提供兵器，你们可以任意挑选一件自己喜欢的兵器！"

茜拉第一个冲上去，从箱子里挑选了一把泛着冷光的蝴蝶刀。

武藤雄挑选了一把武士刀，刀身狭长，刀刃薄得只看见一抹寒芒。

陆川拾起一把三棱军刺，上面有血槽，杀伤力极大，是特种兵最爱的武器。

金刚狼选的武器最为特别，竟是一对钢叉，能够轻易刺穿对手的胸膛。

因为和陆川有联手合盟的协议，所以茜拉走到陆川身旁。

"帅哥，我们先对付哪一个？"茜拉问。

陆川唰一下扬起三棱军刺，闪烁的寒芒笔直地指向武藤雄。

"OK！"茜拉微微一笑，"好哇，听你的，我们先干掉他吧！"

"不过……"茜拉顿了顿，有些警惕地看了一眼金刚狼。

陆川目不转睛，很自信地说："放心吧，他不会插手的！"

茜拉嫣然一笑，"信你一次！"

话音落下的时候，茜拉已经杀至武藤雄面前，蝴蝶刀在她的指尖飞旋出一圈圈刺目的流光，直接刺向武藤雄的咽喉。

茜拉出刀的速度奇快无比，而且蝴蝶刀本来就变幻莫测，花样繁多，看上去就像一只泛着冷光的蝴蝶在茜拉的指尖飞舞，身姿美得让人沉醉。

武藤雄一直都微闭着眼睛，就在蝴蝶刀飞快刺向他咽喉的一刹那，只听"当"的一声脆响，一团火星迸射四溅。

武藤雄举起武士刀挡在面前，茜拉慢了一步，蝴蝶刀重重地劈砍在武士刀上，火星飞溅中，茜拉被震得虎口发麻，蝴蝶刀差点脱手而飞。

武藤雄踏前一步，反手横向劈出一刀。刀锋一闪即逝，幸好茜拉反应迅速，柔软的腰肢使劲后仰。

那把武士刀贴着茜拉的鼻尖横扫而过，森冷的寒意从鼻尖传来，茜拉忍不住娇躯一颤。

寒光乍现,茜拉额前的一缕长发被刀锋削断。她打了个激灵,倘若慢了半拍,估计自己的脑袋已经与身体分开了。茜拉花容失色,依仗着灵敏的身法飘然后退。

武藤雄趁势而上,连连追击,刀光一直在茜拉身前飞旋。武藤雄的刀法沉稳有力,简单的几个招式自他施展出来,立即变成杀伤力极大的杀招。

茜拉被迅速逼退到擂台的角落里,一时间避无可避,再无可以退让的地方。然而,武藤雄却丝毫没有停止进攻的意思,明晃晃的刀尖直接插向茜拉的心窝。

茜拉脸色大变,不由地闭上了眼睛。在这危急关头,陆川的身影突然从斜后方蹿出,三棱军刺化作一道锋利的寒光,唰地撕裂空气,径直刺向武藤雄的腰眼要害。

在这个擂台上,不能有丝毫的心慈手软,所以陆川一上来就使出杀招。

武藤雄微微一怔,浓眉一扬,虽然有些心惊,但是脸上却没有太过惊讶的表情。这家伙城府极深。

情势所逼,武藤雄不得已撤刀自救,放弃对茜拉的杀招。他迅速回招,反手紧握武士刀护在腰眼。

陆川的嘴角微微上扬,露出一丝不易觉察的笑意。他知道武藤雄一定会撤刀自救,所以这一击其实是虚招,看似凶猛地刺向腰眼,实际上只是吸引武藤雄的注意力。

三棱军刺突然刹住攻势,陆川猛然顿住脚步,冲着茜拉大喊:"茜拉!"

茜拉是一流高手,陆川这一喊,她顿时明白了陆川的用意。陆川故意吸引武藤雄回刀自救,武藤雄一旦撤招,后背就露出了破绽。茜拉眼睛一亮,哪里会放过这样宝贵的机会?

就在武藤雄刚刚转身的同时,茜拉右臂一扬,五指张开,蝴蝶刀自掌心飞旋而出。

唰唰唰!

蝴蝶刀急速旋转,以迅雷不及掩耳之势,但听"噗嗤"一声,准确无误地插入武藤雄的后颈窝,只剩下半截刀把露在外面。

武藤雄整个人如同石化了一样，一动也不动。

陆川滑步上前，将三棱军刺送进武藤雄的心窝。武藤雄"扑通"一声，直挺挺倒在地上，落地的武士刀发出一声脆响。

茜拉走上前，弯腰拔出蝴蝶刀，一缕鲜血顺着刀刃缓缓滴落。她满脸暧昧地看着陆川，"帅哥，我还真想跟你谈一场恋爱！"

陆川瞟了茜拉一眼，面无表情地说："我不想！"

啪啪啪！

对面传来鼓掌声，金刚狼阴笑着望着他们，"配合的真是默契啊！你俩该不会是一对儿吧？"

茜拉酸溜溜地说："我想跟某人一对儿，可是人家不乐意呢！"

金刚狼嘿嘿笑道："小美人儿，要不然你跟着我吧？我可喜欢你了！"

茜拉冷笑两声道："相对而言，我还是比较喜欢正直的男人！像你这种下流胚子，最后都只有一个下场，那就是——死！"

说到"死"字的时候，茜拉的瞳孔里射出两道阴冷的目光，就像毒蛇一样，死死盯着金刚狼。

金刚狼收敛起笑容，一张脸变得无比冷峻，"看来你对那家伙还挺死心的嘛！那我就成人之美，送你俩到地狱去做一对苦命鸳鸯吧！"

话音未落，茜拉突然厉声娇叱着冲了上去。

唰！唰！唰！

蝴蝶刀在茜拉的手中变幻出各种各样的招式，看得人眼花缭乱。

嚓！

金刚狼的眼前划过一道血光，蹬蹬向后退了两步。一缕鲜血顺着刀刃缓缓滑落，茜拉的嘴角挂着阴寒的冷笑。

金刚狼的左脸颊上留下一道锋利的血口，鲜血渗透出来，在脸上蔓延，显得有些狰狞可怖。

"你居然敢划花了我的脸！"金刚狼摸了摸脸颊，勃然大怒，抡起手中的钢叉朝着茜拉劈头砸落。

蝴蝶刀精悍短小，属于近战武器，面对当空落下的钢叉，茜拉根本不敢硬接，娇喝一声，一连数个凌空后翻，跟金刚狼拉开五米的距离。

但听轰的一声闷响，钢叉硬生生劈在擂台上面，凿出了一个大窟窿。

"想跑么？"金刚狼右手抡起钢叉，凶狠地扑向茜拉。

茜拉躲避不开，只能挥舞着蝴蝶刀硬挡在胸前。一声脆响，蝴蝶刀被震飞出去，凌空唰唰飞旋两圈，斜插在对面的角落里。

不等茜拉做出二次反应，金刚狼没有任何停留，左手里的钢叉猛地往前一递。

噗嗤！

尖锐的钢叉穿透了茜拉柔软的小腹。

金刚狼的脸上挂着狰狞的笑容，"嘿嘿！感觉怎么样？"

金刚狼一边狞笑着，一边握着钢叉继续向前递了半寸，钢叉从茜拉的后背贯穿而出。

唰！

金刚狼突然拔出钢叉，向后滑移两步，滚烫的鲜血随之飞溅出来。

茜拉表情痛苦地捂着小腹，缓缓跪在地上，然后倒了下去。

"茜拉！"在茜拉倒下的时候，陆川一个箭步来到茜拉身旁，搀扶住她的身体。

刚刚的变故实在太快，陆川还没来得及赶上来，茜拉就已经倒地了。

"你……是个好人！干掉他……一定要干掉他……"茜拉沾满鲜血的手紧紧抓着陆川的衣服，然后她的手突然垂落，阖上了那双充满诱惑力的眼睛。

陆川咬着嘴唇，感觉自己的身躯都在颤抖，他将茜拉慢慢放倒在地上，心中默默发誓："我一定会干掉他的！"

"怎么着？你们还有些情深意重呀？哈哈哈！陆川，现在终于只剩下我们两个人了！"金刚狼狂傲地笑了起来。

"终于?!"陆川浓眉一扬，缓缓站起身来。

金刚狼扬手指着陆川，"陆川，我一直在等着和你最后决战的这一刻！打从我走上擂台那一刻，我就知道，这里面能够和我决斗的，就只有你！其他人吗？呵呵，一群垃圾！"

说这话的时候，金刚狼毫不掩饰满脸的不屑。

陆川冷笑两声，"呵呵，我还真是荣幸啊！"

金刚狼缓缓举起钢叉，"少废话！来吧，我知道你也渴望着跟我决斗！"

陆川点点头，"你说的没错，我确实渴望着跟你决斗！呀——"

陆川突然厉叱一声，身形闪动，已然杀至金刚狼面前，三棱军刺唰地刺向金刚狼的心窝。

金刚狼举起钢叉，交叉护在胸前，架住了三棱军刺，飞溅起一串火星子。

陆川眉头一挑，几乎在同一时刻，两人各自飞脚踹向对方小腹。

砰！

两人乍然分开，蹬蹬蹬各自向后退开三步。

一缕鲜血顺着金刚狼的唇角溢出来。陆川也好不到哪里，腹部感觉刀绞般的疼。

金刚狼啐了口血唾沫，不屑地瞥了陆川一眼，"我杀了你的小情人，难道才激起你这点愤怒吗？你真是太让我失望了！"

"你不会失望的！"陆川嘴角扬起一抹冷笑，突然纵身上前，高高跃起，飞膝跪压下去。

金刚狼用钢叉护住头部，陆川的膝盖压在钢叉上面，猛地一声喊，金刚狼吃不住力，咚地一下双膝跪地。

"呀——"金刚狼也勇猛异常，双臂猛然发力，硬是将陆川震飞出去。

陆川凌空翻转一圈，滚落在金刚狼身后。

金刚狼转身的速度非常快，但是陆川出手的速度更快，一道寒光贴着金刚狼的腹部飞掠过去，快如闪电。

金刚狼只觉腹部微微一凉，几乎没有感觉到任何痛感，几秒钟过后，黏糊糊的液体滴滴答答落在地上。

金刚狼满脸惊讶，低头一看，只见他的腹部出现了一道血口子。刚开始非常细，但是却以极快的速度蔓延扩张，最后上下皮肉翻卷起来，鲜血疯涌而出，异常恐怖。

三棱军刺造成的创伤是非常可怕的，金刚狼丢掉左手钢叉，捂住腹部，右手用钢叉支撑着，摇摇晃晃站起来。

"你觉得还有希望获胜吗？"陆川冷冷看着金刚狼。

金刚狼脸上的血色快速消退，他倒提着钢叉，一步步走向陆川。

陆川斜握三棱军刺，一滴血沫子顺着血槽滑落，吧嗒一声滴落在地上。

扑通！

金刚狼终于站立不稳，在距离陆川还有一步之遥的时候，一下子跪倒在地上。

他直勾勾地望着陆川，眼神复杂，他最后说的话是："给我个痛快吧！"腹部大量出血，创伤无法愈合，金刚狼遭受的痛苦难以言喻。

陆川点点头，将三棱军刺对准金刚狼的心窝插了进去。

环顾满地的尸体，陆川长吁一口气，高高举起臂膀。

铁笼缓缓开启，主持人激情澎湃地大声宣布："最后的获胜者，陆川！陆川！"

然而，陆川的心中却没有半点激动，只有浓浓的悲哀。

第六章 鬼　　眼

"任务?"陆川眉头一挑,"老板请讲!"

阮七从身后抽出一个文件袋,丢在陆川面前,脸色变得阴冷无比,"我有一块价值过亿的高科技芯片,在运送过程中,被一支雇佣兵团抢走了,我要你帮我把这块芯片抢回来!"

轰隆隆！

螺旋桨发出巨大的轰鸣声，一架迷彩武装直升机缓缓从曼陀罗大本营上空降落。

阮七满脸笑容，率先走下飞机。陆川戴着墨镜，面容冷峻地跟在后面。

早已等候在此的几名武装分子快步跑上来，从机舱里提出十多个银色大箱子。箱子里全是成摞成摞的钞票。

这次的格斗赛，陆川给阮七挣了足足一千万美金，阮七心情大好，对陆川也更加的器重。

不仅是阮七，在得知陆川赢得地狱牢笼格斗赛胜利以后，集团里的所有人都对陆川肃然起敬，谁也不敢再质疑陆川的能力。

阮七将一个银色箱子递到陆川面前，"这是你应得的！表现的不错，日后好好跟着我，一定能打出一片更大的江山，到时候你肯定富可敌国！"

陆川摘下墨镜，"谢谢老板！"面对这么一大笔钱，陆川的心里没有半点波澜，金钱对于他来说没有意义。

走到村口的时候，两辆武装吉普车扬尘而来。

从车上跳下数名武装分子，"下来！快下来！"两个人押着一个金发碧眼的女人从车上下来，扭送到阮七面前。

"报告！"巡逻队长向阮七敬了个军礼，"我们刚才在丛林里抓到了这个女人！"

"把头抬起来！"阮七冷冷说。

"叫你抬头！"巡逻队长托着女人的下巴，将她的脑袋抬了起来。

这是一个很漂亮的西方女人，金色的头发，碧蓝色的眼睛，白皙的肌肤，五官深邃立体。她的脸上有些许血渍，裤子也磨破了，衬衫还掉了半边衣袖，看上去有些狼狈。

在这炼狱丛林里面，怎么会冒出一个这样的女人？

"来炼狱丛林做什么？"阮七犀利的眼神在女人身上来回打量。

"我叫莎拉，是Y国自然科学频道的摄像师，我深入丛林拍摄，却不料和拍摄小组走散了，然后被你的手下抓住，这是我的名片！"莎拉从衣兜里摸出一张名片递给阮七。

阮七看了一眼名片，"摄像师？来这里拍动物？"

巡逻队长禀告说:"我们抓住她的时候,她有一个背包,里面全是摄影器材!"

阮七点点头,盯着莎拉,"你知道这里是什么地方吗?"

莎拉摇摇头,"不知道!我请求你送我出去!"

"出去?!"阮七伸手摸了摸莎拉的脸颊,阴阴笑道:"凡是进入我曼陀罗集团的人,都不可能活着出去!"

莎拉猛地一颤,面露惊恐之色,"你……你这话是什么意思?"

阮七背负着双手,"我说的很清楚了,你要想离开这里,除非你死了。"

"噢,不!"莎拉摇头叫道:"你不能这样!你不能这样!"

"老板,这女人怎么处置?"巡逻队长的嘴角带着笑意,猥琐的眼神里面充满了期许。

阮七挥挥手,"随便吧!你们看着办!"

"谢谢老板!谢谢老板!"巡逻队长大手一挥,兴奋地说:"把这金发小妞带下去,今晚我先跟她好好玩玩!"

那些人发出淫秽的笑声,他们炽热的目光在莎拉的身上来回扫视。

莎拉吓得花容失色,她的挣扎和哭喊无济于事,根本无法动摇这些丑陋的灵魂。

眼看莎拉就要被带走,陆川突然开口说道:"老板,我想要一个东西!"

"哦?你说!只要是我能给的!"阮七笑眯眯地回头看着陆川,陆川为他挣了那么多钱,提个小要求还是没有什么问题的。

陆川伸手指着莎拉。

阮七一下子就明白了,哈哈笑道:"你要她?"

陆川点点头,"这小妞挺漂亮的,你知道,我很久……都没碰过女人了……"

"嘿嘿!有道理!刚刚结束比赛,是应该好好放松一下!队长,你把这个小妞送到陆川的屋子里!"阮七命令道。

巡逻队长满脸不爽地瞪了陆川一眼,又不好多说什么,他知道陆川现在是阮七身前的大红人,开罪不起的,只好应了一声,带着莎拉往陆川居住的屋子走去。

"今晚好好休息,就不打扰你了!哈哈哈!"阮七拍了拍陆川的肩膀，大踏步而去。

"谢谢老板！"陆川的脸上挂着笑意，但是在阮七转身后，陆川脸上的笑意瞬间冰冻，他暗暗握了握拳头，朝着自己的屋子走去。

看着巡逻队长他们走远，陆川推开房门走了进去。

刚刚走进屋子，一道人影从门后扑出来，抡起桌上的一个花瓶朝着陆川当头砸去。

陆川侧身一闪，抬手抓住那人的手腕，夺下花瓶，重新放回桌子上。陆川定睛一看，偷袭他的不是别人，正是莎拉。

"放开我！放开我！"莎拉拼命挣扎着，满脸怒色。

陆川松开手，指了指里屋，"去卫生间洗个澡吧，看你脏的，身上都带着馊味儿！"

莎拉退后一步，冷冷瞥了陆川一眼，"我不去！我就带着这味儿，你嫌恶心就不要碰我！"

陆川被莎拉逗乐了，他翘着二郎腿坐了下来，嘭地拧开一罐啤酒，"既然如此，我就让巡逻队长把你带走吧！你觉得是面对我一个人好些，还是面对一群畜生好些？"

"你……"莎拉一下子涨红了脸，啐骂道："臭流氓，你也好不到哪里去！"

骂完之后，莎拉乖乖转身往卫生间走去，莎拉还是很清楚的知道，如果自己被巡逻队长带走是一种什么样的下场。

卫生间里很快传来哗啦啦的水声，陆川笑了笑，端着啤酒优哉游哉地喝了起来。

一罐啤酒差不多刚刚见底的时候，卫生间的水声停止了，莎拉裹着浴袍，怯生生地从卫生间里走了出来，屋子里顿时弥漫开一股女人特有的芳香。

莎拉走到床边上，咬咬牙，爬上床，一副英雄不屈的表情，"来吧！"

陆川放下啤酒罐，起身打开衣柜，从柜子里取出一套迷彩军装递给莎拉，"我这里也没有其他衣服，凑合着穿一下吧！"

莎拉恶狠狠地盯着陆川，"变态！"

陆川摸了摸脑袋，心中想不明白，"我好心让你穿上衣服，怎么骂我是变态呢？"

莎拉啐道："居然还想玩制服诱惑，真是下流无耻，不要脸！"

制服诱惑?!

陆川怔了怔，随即哈哈大笑起来，看来莎拉是完全误会自己了。

不过陆川也没有做过多的解释，反而笑着说："对！我就是喜欢这样，快把衣服穿上！"

莎拉红着脸叽里咕噜地骂着，在被窝里换好衣服，然后四仰八叉往床上一倒，紧闭双眼，"来吧！"

等了半天，也没见陆川有任何反应，莎拉疑惑地睁开眼睛，看见陆川走进厨房，"你饿了吗？要吃面条吗？"

什么?! 面条?!

莎拉满脸困惑从床上爬起来，在她的想象中，陆川应该像一头饿狼将她扑倒，可是现在，陆川不仅无动于衷，反而进厨房做食物去了？

厨房里传来锅碗瓢盆的声音，莎拉的肚子不争气地传来咕噜声，她在丛林里奔波了数天，很久没吃东西，确实是饿坏了。

"帮我煮一碗！"莎拉说，她心想："就算要死，也不能做饿死鬼吧！"

片刻之后，陆川端着两碗面条从厨房里走出来，每碗上面还铺着一个金灿灿的煎蛋，喷香扑鼻。

"喏，吃吧！"陆川将面条放在莎拉面前，然后自己端起一碗吃了起来。

莎拉咽了口唾沫，也顾不上什么形象了，把衣袖挽起来，甩开膀子，呼啦啦吸着面条，吃的比陆川还要快。

陆川笑着说："你们那边平时都吃什么意大利面条，我们这边的面条怎么样？"

莎拉呼着热气，含糊不清地说："好吃……唔……真好吃……"

很快，莎拉的碗就见了底，就连汤汁也喝得干干净净。然后，莎拉的目光投向陆川的碗，眼巴巴的样子，就像一只可爱的小猫。

陆川微微一笑，"还没吃饱?"

莎拉点点头，嗯了一声。

陆川将碗推到莎拉面前，"你吃吧！"

莎拉也不客气，嘴里说着"这怎么好意思呢"，但是双手已经端着碗边，呼啦啦吃了起来。

莎拉满足地打了个饱嗝，把空碗放在桌上，然后摸了摸圆滚滚的肚子。

陆川指了指不远处的冰箱，"冰箱里有啤酒饮料，口渴的话自己去找东西喝！"

"呃！那个……那个……"莎拉瞟了一眼睡床，"你……不着急吗？"

陆川淡然一笑，"放心吧，我对你没有别的想法，我只是把你从那群畜生的手里救下来而已！"

"啊?!"莎拉一下子就愣住了，"你……你不碰我?"

陆川露出坏坏的笑容，"我可是个正常的男人，你要是再这样勾引我，我可是按耐不住的！"

莎拉咬了咬嘴唇，"谁……谁勾引你了？才没有呢！"

陆川笑了笑，把碗端进厨房。

莎拉来到厨房门口，斜倚着门框，环抱双臂，"我觉着，呃，你跟这里的人好像不太一样！"

"哦？有什么不一样的？我要长得帅些吗？"陆川埋头刷着碗。

"不是！"莎拉托着下巴道："这里的人都是坏人，而你不是！我不知道你为什么会跟这些人为伍，但是我觉得你是一个好人！"

"好人?"陆川无奈地摇了摇头，"我的双手沾染了不下一百人的鲜血，你觉得我还是个好人吗？"

莎拉想了想，"也许你沾染的是罪恶的鲜血呢？"

陆川把碗放好，扭头看着莎拉，"实际上，你也并不是什么摄像师，对吧？"

莎拉怔了怔，随即否认道："我真的是摄像师，他们收缴的摄影器材里面，还有拍摄的很多画面呢！"

陆川笑了笑，也没有多说什么，走出厨房，指了指睡床，"你睡床上，我打地铺！"

莎拉看着陆川，眼神有些复杂。

夜静静的，没有光亮，四野俱寂，偶尔能听见远处传来野兽的嚎叫声。

黑暗中，莎拉突然问："哎，忘记问你了，你叫什么名字？"

"陆川！"

莎拉又问："你介意告诉我，你是怎么来到这里的吗？"

"生活所逼！"陆川的回答非常简洁。

"生活所逼就要做毒贩？照你这种说法，那世界上最少有一半的人要当毒贩了？"莎拉的口吻带着一丝讽刺。

陆川也没有多说什么，只淡淡说了一句："很多事情都不是表面看见的那样，就像你看我，或者我看你！说说你吧，你是怎么来到这里的？"

莎拉说："我们电视台要拍一个纪录片，需要深入世界各地的丛林，我们这个摄制组就来到亚洲。那天我为了追拍一只亚洲豹和拍摄小组走散了。我在丛林里迷了路，结果绕来绕去就被这群毒贩给抓住了！"

"那你可真够倒霉的！"陆川说。

"是啊！也不知道怎样才能离开这里？"莎拉感叹道，但是陆川却没有再说话了。

翌日一早，有人来通知陆川，说阮七有事要召见他。

陆川披上外衣走出房门，临走的时候叮嘱莎拉道："切记，要想在这里活下去，就要对外宣称你是我的女人，不要到处乱跑！"

"老板，你找我？"

陆川走进阮七的屋子，阮七正在享用早点。

阮七邀请陆川落座，给陆川倒上一杯咖啡，"昨晚玩的怎么样？"

"挺愉快的！"陆川说。

阮七嘿嘿笑了笑，"说实话，对于波斯猫我本人并不是特别爱好，我还是喜欢本地产的野猫！"

陆川喝了口咖啡，"老板这么早召见我，应该不只是单纯地讨论波斯猫和野猫的区别吧？"

"哈哈哈！"阮七朗声笑道："当然不是！我找你来，是要交给你一件任务！"

"任务？"陆川眉头一挑，"老板请讲！"

阮七从身后抽出一个文件袋，丢在陆川面前，脸色变得阴冷无比，"我有一块价值过亿的高科技芯片，在运送过程中，被一支雇佣兵团抢走了，我要你帮我把这块芯片抢回来！"

"高科技芯片？！"陆川有些疑惑地拆开文件袋，文件袋里装着几页资料，最上面一页就是关于芯片的介绍。芯片的名字叫作"鬼眼"，是一种军事用途的高科技产品。只要启动"鬼眼"，不仅能获取各大军事资料库的绝密资料，甚至还能直接从军事卫星上面窃取资料。也就是说，在"鬼眼"的监视下，任何国家的军队将没有秘密，这对一个国家来说，无疑是致命的打击，这还真是一个可怕的高智能科技啊！

后面几页资料是关于对那支雇佣兵团的介绍。这个雇佣兵团代号"暗影"，是国际上赫赫有名的一支雇佣军。兵团成员全是世界各国的退役特种兵，作战能力高强，经验丰富，敢于跟任何组织和势力战斗，所以近几年在国际上声名鹊起。

雇佣兵团的带头人名叫"影"，真实身份无法查实，据说从未有人见识过影的真面目，因为见过他真面目的人，都已经死了。

陆川默默将资料放回文件袋里，看样子这次的任务很棘手！

"你那边需要人手吗？"阮七问。

陆川想了想，摇了摇头，"不需要，去了也是送死！"

阮七点点头，搅拌着杯子里的咖啡，"如果你能把这件事情办妥，回来之后我直接让你全面接手毒品这边的业务！"

阮七给陆川开出的价码相当丰厚。

"谢谢老板，我一定会尽最大努力完成任务的！介意我问一句，'鬼眼'原本是准备卖给谁的？"陆川问。

阮七吧唧吧唧吃着火腿肠，"我是准备卖到中东去的！但是现在被劫了，据可靠情报，暗影兵团跟一个恐怖组织接上了头，他们准备在边境交易！资料袋里有一张地图，你可以看看！如果没什么问题，回去收拾一下，准备动身吧！"

回到屋子，莎拉正在清洗衣服，她不仅洗了自己的，还替陆川洗干净了换下来的衣服。

"你这是干嘛？"陆川问。

莎拉拂了拂额前的长发，微笑着说："昨晚你请我吃了面条，我这人不喜欢欠别人的情，所以今天帮你洗了衣服！"

陆川笑了笑，"正好！明天走的时候可以带上！"

"走？！"莎拉在衣服上擦了擦手，迅速站起身来，"你要去哪里？"

陆川将资料袋丢在桌上，"边境！"

"去做坏事吗？"莎拉目光炯炯地看着陆川。

陆川耸耸肩膀，"算不上什么坏事，也算不上什么好事！阮七的东西被一支雇佣兵团抢了，他要我去把东西抢回来！"

"什么东西?"莎拉好奇地问。

陆川摇摇头,"知道的太多对你很不利!"

"好吧!"莎拉叹了口气,"你走了,那我怎么办?"

陆川说:"待在屋子里,不是特殊情况,不要去外面乱逛,十天半个月我就能回来。记得我的叮嘱,谁敢找你茬,你就说是我的女人!"

"你要回不来了怎么办?"莎拉下意识踏前一步,一把抱住陆川的胳膊。

"嗯?!"陆川浓眉一挑,"你这是在诅咒我么?"

"啊?不是!不是!你误会了!"莎拉的脸颊微微一红。

陆川轻轻撩起莎拉额前的长发,低声道:"如果我真的回不来,你就想办法离开这里,逃的越远越好!"

凝望着陆川转身的背影,莎拉一时间有些心潮起伏。

莎拉实在是有点难以置信,在这个臭名昭著的贩毒集团里,竟然还会有陆川这样善良的人?!

莎拉在心里默默念叨:"陆川啊陆川,你究竟是什么人呢?"

陆川去军火库申领了几件武器,曼陀罗集团武器库里装备精良。阮七早就跟军火库的看管打了招呼,陆川可以在里面随便挑选称手的武器。

陆川在里面待了足足一个钟头,才心满意足地提着一个背包走了出来。

背包里装着一把折叠好的巴雷特 M82A1 大口径狙击步枪,银灰色的枪身冷酷而霸气,号称"狙击之王",最大射程可以达到 1800 多米,非常可怕。轻型武器上陆川选择的是一把 HK–USP 战术性手枪,这个手枪常常被世界各国的警察作为配枪,或者装备于特种作战部队,射速快,稳定性好,打击精准。而近身武器方面,陆川还是毫不犹豫地挑选了一把 56 式三棱军刺,这是陆川最爱的格斗武器。三棱军刺经过特殊的热处理,硬度极高,可轻易穿透防刺服。除此之外,陆川还带走了几颗手雷,以及充足的弹药和急救包等必备用品。

陆川拎着背包回到屋里,刚刚推开房门,就闻到扑面而来的香气。

"唔?什么东西?好香啊!"陆川伸长鼻子嗅了嗅,这才发现桌子上面摆放着几样小菜。

莎拉系着围裙从厨房里走出来,擦着脸上的汗珠子说:"希望你不要嫌弃我的厨艺!"

实话讲，莎拉的厨艺还挺不错的，虽然有着浓浓的欧美口味，但陆川还是吃得挺带劲。

放下酒杯，陆川满足地打了个饱嗝，赞叹道："我已经很久没有吃过这样可口的饭菜了！"

莎拉双手托着下巴，直视着陆川的眼睛，"吃了我做的饭，你是不是得答应我一件事情？"

"你说！"陆川擦了擦嘴巴。

莎拉深吸一口气，正色道："答应我，一定要活着回来！"

陆川怔了怔，内心深处仿佛触动了一下，然后坚定地点了点头，"我会的！"

第七章　喋血孤鹰镇

陆川把手伸入桌子下面，握住了三棱军刺的把手。他缓缓拔出军刺，贴身藏匿在角落里，密切观察着厅堂里的一举一动。陆川没有想到，出门吃个饭竟会碰上猎熊的人。

第七章 喋血孤鹰镇

孤鹰镇，一个与炼狱丛林相邻的偏远边境小镇，坐落在一条狭长的山谷里。这里群山起伏，地形复杂，一旦犯罪分子退入炼狱丛林，根本没法找寻踪迹。

陆川抵达孤鹰镇的时候，正值黄昏时分，晚霞映红了天际，就像一团团炽烈燃烧的火焰。放眼望去，四面是一眼望不到顶的高山。

傍晚的街道有些冷清，街上的人们行色匆匆。青石板铺就的街道两旁排列着高矮不一的木板房，唯一的一幢砖瓦式建筑，是镇口那家三层楼高的小旅馆。

陆川推开旅馆的玻璃门，一个系着黑裙，左手叉腰、右手握着烟枪的中年女人走了出来，看见陆川，模样凶巴巴地说："喂！小子！要住店就进来登记，不住店就闪一边去，别挡在门口，妨碍我做生意！"

陆川擦了擦额上的汗水，天快黑了，镇上除了这里勉强可以落脚外，好像还真没地方可以去。想到这里，陆川对老板娘说道："住店！"

老板娘的脸上立刻露出了笑容，扭着丰腴的腰肢走进了前台，"我们的房间是镇上最好的，条件一流，干净卫生，还有卫星电视！"

"多少钱一间房？"陆川问。

"一百块！"老板娘媚笑着说。

陆川付过钱，老板娘笑眯眯接过来，眯着眼睛看了看，这才喜滋滋地将钱揣进衣兜里，"帅哥，你是第一次来这里吗？"

陆川没有否认，"对！来这里玩玩！"

"你一个人？"老板娘瞅了陆川一眼，将房间钥匙递给陆川。

陆川点点头，"一个人！"

老板娘没有多说什么，只是在交接钥匙的时候，不知道是有意还是无意，指甲轻轻划过陆川的手掌心，有种挑逗的意味。

陆川看了老板娘一眼，转身拎着背包往楼上走去。

老板娘的声音又从后面传来："帅哥！"

陆川顿住脚步，"还有事么？"

老板娘吧嗒一口竹筒烟枪，喷了口烟雾道："忘了提醒你，每晚九点到十点有热水！"

"知道了！"陆川应了一声。

陆川看了看钥匙牌：310。

310号房间是三楼走廊最里面的一间房，看来这家旅店的生意不错，这可能是今晚的最后一间房了。

推开房门，里面还算干净，坐在床边，夕阳从窗外斜照进来，可以看见远方的落日以及孤鹰镇的全貌：那一幢幢古老的街屋，仿佛在诉说着历史的沧桑。

陆川得到消息，暗影雇佣兵团会在孤鹰镇跟一个名为"猎熊"的恐怖组织进行交易。至于暗影兵团藏身在孤鹰镇的哪个角落，陆川暂时还不得而知。所以放下背包后，陆川决定出去逛逛，一来解决晚饭问题，二来顺便打听一下消息，看看会不会得到相关线索。

出门的时候，陆川把三棱军刺摸出来插在背后，在这里不带点武器防身可不行。

陆川慢吞吞往前走着，街边有个副食店，店面很破，一个黑黑瘦瘦的中年男人正坐在里面摇着蒲扇。

陆川买了一包香烟，是本地牌子，带着淡淡的薄荷味。

陆川借机问店老板："老板，这哪里有餐馆可以吃饭？"

店老板伸手指了指，"往前走不到二十米，有间酒馆，里面有饭菜！不过……他家用餐的规矩有些古怪。"

用餐的规矩有些古怪?!

陆川谢过店老板，带着疑惑往前走了没有多远，果然看见一间小酒馆。酒馆分上下两层，外面横插着一面白边蓝底的三角小旗，上书一个"酒"字。酒馆的名字也很有特色，让人印象深刻，叫"三碗酒"。

走进酒馆，里面坐着几桌食客。陆川径直往楼上走去，想找个靠窗的位置。可他刚走到楼梯口，就被一个穿着灰衣灰裤的店小二拦了下来："这位客人，楼上已经没有位置了，您就楼下吧！"

"没有位置了？"陆川有些疑惑。

店小二压低声音道："二楼被几个客人给包了，任何人都不能上去！"

陆川皱了皱眉头，也没多说什么，在一楼的角落里坐下。

陆川刚刚坐下，店小二就在他面前摆放好三个土瓷碗，哗啦啦倒满三碗清酒。

"这是什么意思？"陆川好奇地问。

店小二解释道："本店有个不成文的规矩，凡是在本店用餐的客人，必须要先喝完自家酿造的三碗酒。你若能连喝三碗不醉，才能够在这里用餐!"

陆川恍然大悟,怪不得副食店老板说酒馆的用餐规矩有些古怪,原来是这么回事。

陆川莞尔一笑,"你们若要请我喝这三碗酒,我倒不是很介意,不喝白不喝!"

说完这话,陆川端起酒碗,一连三口,将三碗清酒吞进肚里。清酒的味道不错,应该是用纯正的山泉酿造的,很爽口,回味还略有些甘甜。

陆川擦了擦嘴角的酒渍,"小二,现在可以点菜了吧?"

"好酒量!"店小二竖起拇指夸赞道,然后掏出一个小本子,"这位客人,你要吃点什么?"

"你们店里有什么吃的?"陆川问。

店小二说:"有上等的卤牛肉、猪肘子,还有野猪肉、红烧野鸡、泉水鱼和各类野菜!"

店小二的嘴唇翻动得很快,就跟爆豆子一样。

陆川道:"给我来份猪肘子,再切半斤卤牛肉,一碟野菜,两壶酒!"

"好咧!"店小二应了一声,转身往厨房去了。

上菜的速度很快,陆川一边津津有味地吃着猪肘子,一边品着小酒。就在陆川吃得起劲的时候,外面突然走进来一队警察,酒馆里的气氛一下子凝重起来。

店老板从厨房里快步走了出来,从兜里掏出香烟,脸上挂着讨好的笑容,对着带队的胖警察说道:"克瑞警长,今儿个什么风把您吹到这里来了?"

克瑞警长约莫四十来岁,腰间别着配枪,双手叉腰,一副趾高气昂的样子。他也不客气,接过香烟叼在嘴里,店老板赶紧给他点上。

克瑞警长一口烟雾喷在店老板脸上,"木老板,不要紧张,我们只是例行公务而已。有消息说,有恐怖组织的人偷偷潜入孤鹰镇,所以我带人出来看看,木老板没有什么意见吧?"

木老板连连摆手,"没意见!当然没意见!我们一定会好好配合工作!"

克瑞警长点点头,抬脚踩在凳子上,将腰间的配枪啪地往桌上一拍,盛气凌人地对着店里的客人大声吼叫道:"所有人全都坐在座位上,把身份证掏出来，我们要进行检查！如果谁不配合工作，就带他回局里过夜！"

陆川见状迅速拔出背后的三棱军刺，悄悄塞在桌子下面。

"喂！身份证！"一个警察来到陆川面前。

陆川从衣兜里掏出身份证递给警察，这是阮老板早就给他准备好的假证件，没想到刚到这里就派上了用场。

那个警察仔细看了看，也没多说什么，直接把证件还给了陆川。

"报告警长，全部核查完毕，没有什么发现！"几个警察向克瑞警长汇报道。

克瑞警长摘下警帽，抹了一把脸上的汗水，"还有楼上呢！你们两个上楼去看看！"

两个警察应了一声，往楼上走去。

"哎⋯⋯"木老板想说什么，最后却欲言又止。

"怎么的？有问题？"克瑞警长察觉到木老板的异样。

"不是！"木老板说："楼上有几个客人，把二楼包下来了，说是吃饭的时候谁也不要上去打扰他们！"

克瑞警长拍了下桌子，"反了天了，这里是谁的地盘？敢不让我的人上去？信不信马上告你妨碍公务，把你带走？"

"不敢！不敢！"木老板吓得赶紧退到边上，大气都不敢出一声。

两个警察的背影消失在楼梯拐角处，克瑞警长大咧咧一屁股坐下来。板凳还没坐热，忽听楼上传来"砰"的一声响。

四座皆惊，刚刚那一声，明显是枪响。

不等众人反应过来，枪声再次响起，砰砰砰！

伴随着震耳欲聋的枪声，一条人影骨碌碌地从楼梯口滚下来，众人定睛一看，正是刚才上去的其中一个警察。

这名警察的胸口中了好几枪，两只眼睛浑圆大睁着，已经没了呼吸。

克瑞警长一把将配枪抓在手里，冲着自己的手下大声喊道："恐怖分子！楼上有恐怖分子！"

酒馆里顿时乱作一团，受到惊吓的食客争先恐后地往门外跑去，尖叫声、呼救声、碗筷摔在地上破碎的声音围绕，让小酒馆瞬间笼罩上了一层恐怖的气氛。

木老板也顾不上收钱了，抱着脑袋和店小二一起钻进后厨。原以为今天接待了几位大客人，可以好好赚一笔，没想到这下亏大了。

酒馆里面只有一个食客没有动弹，他就是陆川。

陆川自顾自地斟上一杯清酒，脸上没有丝毫慌乱的表情。

暗影兵团带着"鬼眼"到孤鹰镇与猎熊恐怖组织做交易，如果楼上真的有恐怖分子，那十有八九就是猎熊，看样子暗影兵团还没有到来。

短暂的枪声过后是死一般的寂静。

克瑞警长的脸上挂满冷汗，一颗接一颗地滚落。下面的那些警察连大气都不敢喘一口，双手紧握枪把，黑洞洞的枪口对准楼梯拐角处。

如果是面对普通的犯罪分子，这些警察还能应付，但若真的碰上了穷凶极恶的恐怖分子，恐怕就有些棘手了。

不过短短两分钟的时间，克瑞警长却感觉像是过了两个世纪。

突然，楼梯口响起脚步声，还有木板楼梯发出的吱呀声。

所有警察都屏息凝神，手指紧紧按在扳机上，只要有人从楼梯上走下来，他们必定让那人在第一时间变成马蜂窝。

但是，在静默了几秒钟后，却没有人走下来。

只听一阵叮叮当当的撞击声响，像是有什么东西沿着楼梯一路滚落下来。克瑞警长定睛一看，突然间脸色大变。那个东西外面包裹着一层铁皮，约莫有成年人的拳头大小，其中一端还滋滋冒着白烟。

"趴下！是手雷！"克瑞警长扯着脖子叫了一声，那胖硕的身体在这一刻变得异常灵活，一个翻身滚到了桌子下面。

轰隆！

一声巨响，木头搭建的小酒馆也随之晃荡了一下。木屑纷飞，尘灰刷刷地落下来，满屋子弥漫着浓烟，夹杂着刺鼻的血腥味。

两个来不及躲避的警察当场被炸飞，还有几个警察被爆炸的气浪掀翻在地，一时半会儿无法站起来。

一上来就扔出手雷这样的杀伤性武器，楼上的那群混蛋绝对不是普通罪犯那么简单。陆川几乎可以肯定，那些人就是猎熊恐怖组织的成员。

陆川把手伸入桌子下面，握住了三棱军刺的把手。他缓缓拔出军刺，贴身藏匿在角落里，密切观察着厅堂里的一举一动。陆川没有想到，出门吃个饭竟会碰上猎熊的人。

硝烟散尽，几双黑色高帮皮靴踩着木板楼梯缓缓走下来。三个穿着迷彩军装的彪形大汉呈品字形出现在楼梯口，他们都留着浓密的络腮胡，脸上充满杀气。

左右两边的大汉各自端着一把AK-47突击步枪,前面那人的手里端着一把威力强劲的来复枪。

一轮枪林弹雨轰炸后,酒馆变得千疮百孔,空气中弥漫着浓浓的弹药味。

死一般的寂静。

嗒!嗒!嗒!

皮靴与地面撞击,发出清脆的声响。三个猎熊成员神情嚣张地站在大堂中央,脸上挂着残忍的笑意。

"胖子,出来!"带头的猎熊成员扬起皮靴,咚的一声踹碎木头方桌,一把将克瑞警长拽了起来。

带头的猎熊成员咧开嘴巴,嘿嘿阴笑两声:"你刚刚不是很嚣张地要找我们吗?"

猎熊成员一脚将克瑞警长踹翻在地上,黑洞洞的枪口顶着他的额头,手指已经扣上扳机。

说时迟那时快,三棱军刺化作一道闪电,自陆川手中激射而出。

"啊——"

猎熊成员的惨叫声随之响起,来复枪掉落在地上。

三棱军刺没入猎熊成员的右肩,穿透出来。

啊?!

不等后面两个猎熊成员回过神来,陆川已经如同一只出笼猛虎,以极快的速度凌空飞踹,将左边那个猎熊成员踹得飞了出去,撞在一根梁柱上面,顿时没了声息。

右边的猎熊成员大吃一惊,下意识地举起突击步枪,陆川刚一落地,一记蝎子摆尾横扫而出,直接抽打在他的手腕上,清脆的手骨断裂声响起,突击步枪掉落在地上,那个猎熊成员抱着手腕退后两步。

陆川急速杀至面前,双手扳着他的脑袋轻轻一扭,就听咔嚓一声脆响,猎熊成员软绵绵地倒了下去。

带头的那个猎熊成员见势不妙,抱着受伤的手臂转身想跑。

陆川踏前一步,一把抓住三棱军刺的手把,顺手横向削出,但见身影闪动,三棱军刺便向那个猎熊成员的后颈窝插去。

陆川回身看向酒馆门口,发现克瑞警长还站在桌边,"把你的配枪给我!"陆川说道。

克瑞警长想都没想,直接捡起配枪丢给陆川。

陆川快步走上酒馆二楼,只见窗边的方桌前围坐着三个猎熊成员,他们的装束与刚才楼下的人一模一样。

其中一人背对着楼梯口,听见脚步声,放下酒杯道:"搞定了吗?"

"搞定了!"陆川举起手枪,冷冷回答。

那三个猎熊成员倏然一惊,这声音怎么是个陌生人?

左右两边的猎熊成员同时抬头望向楼梯口,背对着的那人也转过身来,脸上掠过一丝讶然:"你……是什么人?"话音落下,他伸手就想从腰间拔枪。

他的动作很快,但是陆川的动作更快。

砰!

枪声响起,那人的肩窝上腾起一朵血花,惨叫着倒了下去。

左右两个猎熊成员怒吼着亮出武器,但是陆川却没有给他们丝毫反击的机会。

陆川目沉如水,迅速移动枪口,连续两发点射,那两个猎熊成员的膝盖上飞溅起血花,膝盖骨被子弹击得粉碎。

陆川缓步走到三人面前,三人面露惊恐之色,全都惊诧莫名地看着陆川,"你到底是什么人?你知道我们是谁吗?敢得罪我们,你就算有九条命都不够赔的!"

"我最讨厌别人威胁我!"陆川没有多看一眼,直接冲说话的那人射了一枪。

另外两人的眼神更加惊惧,一人涩声问道:"你……究竟想要什么?"

"听说你们要和暗影兵团交易,在什么地方?几点钟?"陆川直截了当,冷冰冰地问。

那人明显打了个冷颤,他很诧异陆川怎么会知道和暗影兵团的交易。

"时间!地点!"陆川又问了一遍,口吻更加冰冷。

那人咬了咬嘴唇,竟别过脑袋,看也不看陆川,"我不知道!"

陆川点点头,看了看那个猎熊成员的脸庞,突然笑着收起手枪。他知道这些人都经受过严格的训练,不施展点强硬手段,是不可能从他们身上打探到消息的。

唰！

一道寒光划过眼帘，三棱军刺齐把没入了这个猎熊成员的右大腿。

"啊——"猎熊成员抱着大腿，发出凄厉的惨叫，疼得五官都变了形，他的身躯疯狂地战栗着，脸上冷汗狂飙。

陆川没有再理会他，而是转头看向右边那个人，"我想也许你能想起点什么！"

那个猎熊成员看了看陆川，又看了看自己的同伴，不停地抿着嘴唇。听着同伴撕心裂肺的哀嚎声，这个猎熊成员终于承受不住心理上的恐惧，嘶声叫喊道："我说！我说！交易时间是今夜22点，地点在孤鹰镇北面的一家废品收购站！"

夕阳西沉，刺耳的警笛声从远处传来，惊起山巅上的飞鸟。

陆川推开窗户，望向远处，只见数辆武装吉普车在落日的余晖里飞驰，大批警察全副武装赶至酒馆。

为了避免不必要的麻烦，陆川飞身跃出窗户，很快消失在街道拐角处。

第八章　暗影雇佣兵

　　白毛微微一怔，猛地一咬牙关，发出野兽般的怒吼，双足在地上使劲一点，整个人飞身跃起，钢鹰军刀紧贴着三棱军刺向上划过，发出尖锐刺耳的摩擦声响。伴随着一连串飞溅的火星，钢鹰军刀贴着陆川的鼻尖掠了过去，削飞了陆川一缕头发。

回到旅馆，陆川看了一眼墙上的挂钟，距离交易时间还有不到一个钟头。孤鹰镇并不大，刚才一战，动静这么大，会不会打草惊蛇，让交易泡汤？不如趁机过去探个虚实。

陆川打开背包，取出一套黑色战斗服换上，系好军靴，然后从背包里摸出一把HK手枪，填满子弹后，陆川将它缓缓插在自己的右腿裤袋里。接着，他从背包里慢慢取出巴雷特狙击步枪，用布认真擦拭一遍枪身，放进了枪袋里。

窗户外面有一根锈迹斑斑的水管，陆川攀着水管，身手轻盈地滑到楼下，贴着墙根朝小镇北面的废品收购站跑去。

夜色如墨。

此时的街道上半个鬼影都没有。

废品收购站里一片漆黑，入口一道铁门没有上锁。院子后面有一间较大的库房，里面废品堆积如山，侧耳倾听，隐约有说话声。陆川轻手轻脚地溜了进去，从背后取下枪袋，将狙击步枪藏在一堆隐蔽的箱子后面。

放好狙击步枪，陆川矮身隐蔽，发现库房里一处较大的空隙里站着五个人，他们聚在一起低头商量着什么。他们中一个身材较矮的双手插在裤兜里，头上反戴着一顶迷彩军帽，像是个主事的；旁边一个用白纱蒙着脸，隐蔽而神秘；一个是一头金发的巨人，四肢粗壮；另外两个皮肤黝黑，身材壮硕，其中一人手中拎着个密码箱，陆川推测，里面应该装的是"鬼眼"。

突然，那个矮个子的举手示意有危险，其余四人立刻进入战斗状态，向四周散开。

陆川暗暗捏了一把冷汗，这应该就是暗影兵团，他们每个人散发出来的气场都非常强大，是可以独当一面的高手。

陆川的目光最后定格在那个矮个子身上，莫非他就是传说中的影吗？

事不宜迟，陆川决定速战速决，拿到密码箱后尽快脱身。在黑暗的掩护下，他悄悄靠近了拎着密码箱的那人。

陆川正准备行动，万万没想到有个人竟在陆川发力的瞬间，一个漂亮的回旋踢，快如闪电，重重地踢在陆川的腹部，直接将他震得向后滑行了三五米，咚的一下单膝跪在地上。

"呃……"这一下猝不及防，陆川五脏六腑就像被倒转了一样，一阵翻江倒海，喉头里泛起一丝腥甜。

陆川捂着小腹，抬头一看，竟是那个矮个子，没想到这家伙虽然瘦小，力道却如此惊人。

陆川深吸一口气，刚刚抬起脑袋，就感觉一个冰冷的东西顶住了自己的脑袋，陆川不用看也知道，那是枪！

"在我野狗眼皮下抢东西？你是什么人？"矮个子冷哼一声，口吻极其阴冷。

陆川微微一怔，这人绰号是"野狗"，他不是影，那么影又在什么地方呢？

陆川并不作答，闪电般速度出手，如铁钳般箍住了野狗握枪的手腕。

野狗的反应也极其迅速，手指飞快扣动扳机，可惜他的手腕被陆川控制，枪口已经偏离了陆川的脑袋，子弹贴着耳朵射在地上。

陆川飞身而起，提膝顶在野狗的小腹上，野狗捂着肚子腾空向后飞了出去。

陆川没有半点迟疑，在撞飞野狗的一瞬间，侧身朝着不远处的那堆木箱扑了过去。

哒哒哒！

一梭狂暴的子弹划出火红色的弧光，扫过陆川刚刚站立的地方。

轰隆隆！

陆川飞身撞垮了那堆木箱子，几十个箱子如雨点般砸落下来，一下子就把朝他围拢过来的五个雇佣兵掩埋在里面。

陆川推开压在身上的两个箱子，翻身爬起，顺手拾起先前藏好的枪袋。手腕一抖，枪袋迅速滑落，亮出了那把银灰色的狙击步枪。他熟练地拨开保险，推膛上弹，然后举起狙击步枪，调到夜视模式，瞄准镜里立刻变成一片幽绿色，四周的事物都被视察得清清楚楚。

"王八蛋！"

一个雇佣兵叫骂着推开木头箱子，从地上爬起来，他的脑袋被砸出老大一个包，提着突击步枪四处搜寻陆川的踪迹。

加了消音器的黑洞洞的枪管就像毒蛇的蛇信，悄无声息地从两个箱子中央的缝隙中伸出来，瞄准镜里的死神十字架已经锁定了那个雇佣兵的脑袋。当十字架中间的那个红色圆点对准他的眉心时，陆川猛地扣下扳机。

啵——

瞄准镜里,陆川清晰地看见那人被打得向后飞了起来,重重地撞击在后方的一面墙上,然后缓缓滑坐在地上。

"有狙击手!"

几乎是在一瞬间,一梭子弹就朝着陆川藏匿的地方激射而去。他们在黑暗中,竟然能够通过弹道的轨迹,迅速找到狙击手的藏身之处,果然是非同一般!

哒哒哒!

那梭子弹全部打在陆川身旁的铁皮油桶上面,飞溅起点点星火。陆川不得不低下头,清脆刺耳的铁皮声响震得耳膜发麻。

暗影兵团确实不好对付,他们的反击速度让陆川惊叹。

哐当当!

黑暗中,仿佛有什么东西落在地上,朝着陆川滚了过来。陆川迅速举起狙击步枪,通过瞄准镜飞快地扫了一眼。

呀!

陆川倒吸一口凉气,对方竟向他抛掷出一颗手雷。那颗手雷和地面撞击,翻滚着冲向陆川。

轰隆!

一声炸响,炽烈的火球升腾而起,瞬间照亮了仓库。

紧接着头蒙白纱的雇佣兵紧握着一把"沙漠之鹰",飞脚踹开燃烧的木箱,回头叫喊道:"那混蛋不见了!"

什么?! 不见了?!

野狗大吃一惊,发现那里根本就没有陆川的尸体,看样子陆川刚刚成功逃脱了。

"这家伙是个高手!"金发巨人瓮声瓮气地说,瞳孔里闪烁着兴奋的光。

野狗蹲下身来,伸手在地上摸了摸,举起手来的时候,指尖沾染到一丝血迹。

野狗将指尖放在鼻下嗅了嗅,眼睛里迸射出森冷的杀意,"他受伤了,把他找出来,干掉!"

四人互望一眼,点了点头,然后分头搜寻陆川的踪影。

此时此刻,陆川藏身在东面的一个角落里,背靠着砖墙,慢慢调匀呼吸。他低头看了一眼自己的右臂，刚刚他的反应已经非常快了，但还是不幸被飞溅的弹片划出了一道血口子，表面的皮肉已经翻卷起来，染红了战斗服。

"妈的！"

陆川咬咬牙，迅速从裤兜里摸出一卷医用纱布，在受伤的臂膀上飞快地缠了几圈，紧紧勒好，打了个死结，虽然有些发麻，但总算是暂时止住了流血。

有脚步声渐渐往这边走过来，陆川伸出沾着血迹的手，在墙壁的拐角处抹了一把，然后迅速脱下自己的外衣。

片刻之后，一个雇佣兵端着突击步枪来到墙角，他停下脚步，嘴角扬起一抹冷笑。一件衣服从墙角处露出，虽然不太明显，但还是他发现了。

"混蛋，去死吧！"

那名雇佣兵举起突击步枪，对着墙角扣动了扳机。

哒哒哒！

子弹在墙面上飞溅起一串耀眼的火花，一件黑色的战斗服随之飘然落地。

雇佣兵猛地一怔，森冷的寒意一下子从后背蹿上来，"不好！上当啦！"

可惜已经迟了，陆川就像幽灵般出现在他背后。雇佣兵只觉一凉，三棱军刺直接插入了他的后背。

砰！

背后飞来一颗子弹，贴着陆川的头皮掠过去，直直地镶嵌在墙壁上，形成一个冒烟的弹孔。

陆川微微一惊，左手迅速拔出手枪，转身循着刚刚的弹道轨迹打出一枪。

砰！

子弹贴着蒙纱雇佣兵的脸颊飞过去，白色纱巾上立刻溢出血来。

砰！砰！砰！砰！

枪声不绝于耳，两条火线来回穿梭，陆川和对方借着障碍物互相对射，速度快得令人眼花缭乱。

弹匣里的子弹很快就打完了，陆川飞快地退出弹匣，重新摸出一个弹匣插入枪座。

蒙纱雇佣兵几乎在同一时间更换弹匣，虽然他的动作熟练，但比起陆川来还是稍稍慢了一拍。这一拍可能也就是0.01秒，但在高手的生死对决之间，这点差距已经足够决定谁生谁死。

砰！

蒙纱雇佣兵的手指刚刚触碰到扳机，还没来得及扣下，一颗子弹已经从HK手枪的枪口中迎面飞来，蒙纱雇佣兵的瞳孔瞬间放大，他看见子弹飞向自己，但已然来不及做出任何反应。

原本五个暗影雇佣兵，不到一时半刻就被陆川干掉了三个，带头的野狗暴跳如雷，他怒吼着，和金发巨人左右夹击，想把陆川堵在一个死角里。

野狗连连开枪射击，逼迫陆川无法还手，而金发巨人趁此机会迅速逼近陆川。

这个金发巨人是个怪人，他的脸上始终挂着兴奋的笑容，而且不喜欢携带武器，只用那对醋坛子大小拳头。

"啊哈哈！"金发巨人轻松举起一个铁皮油桶，朝着角落里的陆川丢过去。

陆川避无可避，一下子被油桶压在下面。

"杀了他！"野狗恼怒地命令道。

金发巨人大踏步来到角落里，提起铁桶，准备给陆川来上一脚。可是当他提起铁桶的一刹那，不由得愣住了，陆川竟然不见了？！刚才他明明看见陆川被压在这铁桶下面，怎么……怎么现在没有了呢？

就在金发巨人愣神的时候，一道人影鬼魅般从铁桶里钻出来，寒光一闪即逝，金发巨人发出一声痛吼，随即他的右肩飚射出一股滚烫的鲜血。

陆川不会什么钻地术，只是拥有过人的智慧。他知道自己被困在死角无法脱身，所以在铁桶砸落的时候，顺势滚入里面，等待反攻的时机。

此刻，陆川不仅趁势脱身，还用三棱军刺在金发巨人的肩膀上开了道口子。

陆川翻身落地，几乎没有任何停留，脚尖使劲一点，人如利箭般斜射了出去。

"啊呀呀！我要杀了他！我要杀了他！"金发巨人瞪着红了的双眼，

怒吼声如同闷雷。

三棱军刺锋利异常，这道口子从金发巨人的右肩一直划到后背，粗糙的皮肉全部翻卷起来，鲜血染红了他半边臂膀。若是换作普通人，这条臂膀基本上算是废了，但是金发巨人却在怒吼声中扬臂挥出一记重拳，手中的铁桶像炮弹似的飞了出去。

砰！

铁桶撞击在陆川的后背上，陆川哇地喷出一口淤血，脚下踉跄了两步，一跤摔出仓库门口。

"追！"

野狗脚尖点地，迅速回身朝着仓库外跑去。

金发巨人紧随其后，大步流星往外冲，就像一辆横冲直撞的装甲车。

可是，野狗和金发巨人还是慢了一步，当他们追出仓库的时候，已经失去了陆川的踪影。

"混蛋！"野狗的牙关咬得咔咔响，五指紧握成拳，"那家伙绝对是迄今为止我们遇上的最棘手的对手！"

金发巨人举起铁拳，"也不知道那家伙是什么来头，竟然有这等身手，有趣！呵呵，真是有趣！"

"不好！"野狗突然抬起头来，"密码箱呢？"

金发巨人这时候也回过神来，"应该还在仓库里吧！"他的话音未落，野狗已经转身飞扑进仓库。

密码箱里装着"鬼眼"，就是人死了，"鬼眼"也不能丢啊！

野狗仔细一回想，刚刚他们都被那堆积如山的木头箱子压在下面，爬起来之后就只顾着对付陆川，完全把"鬼眼"给遗忘了。

"怎么样？找到箱子了吗？"金发巨人快步赶了过来，站在野狗身后。

野狗脸色铁青地站在那里，一言不发。

"怎么了？"金发巨人踏前一步。

只见地上留着几个鲜血写成的小字："'鬼眼'我取走了！"

野狗和金发巨人对望一眼，两人脸色同时剧变，"鬼眼"可是他们拼死命抢回来的，就是为了发笔横财。现在它莫名其妙被人顺走了，他们的发财大计岂不是落空了？

野狗艰涩地咽了口唾沫，"一定要把'鬼眼'找回来，否则我们无法向老大交代！"

"混蛋！我一定要把那个狗杂种碎尸万段！"金发巨人双拳落下，将面前的木头箱子砸得粉碎。

"地上有血迹，我们追！"野狗眼神敏锐，顺着地上断断续续的血迹往仓库外面跑去。

啵——

一颗狙击子弹穿透破烂的窗户，命中野狗的肩窝。

啊！

野狗被强大的冲击力推得向后飞起，继而狠狠跌落在地上。他面色惨白，一颗心沉了下去，妈的！上当了！

是的，野狗又上当了！地上的血迹是陆川故意留下的，为的就是将野狗引入射击范围。

野狗一心想要抓住陆川追回"鬼眼"，所以很容易就着了道。

野狗在跑动中，而且有窗户的遮挡，影响了陆川的视线，所以这一枪未能一击即中，偏差了一点点。

野狗捂着受伤的胳膊，忍着剧痛，迅速贴地翻滚躲到一个铁桶后面。

忌惮狙击枪的威力，野狗和金发巨人不敢再贸然往外冲，只能待在原地。

陆川并没有恋战，他知道野狗和金发巨人不敢追出来，所以迅速收起狙击步枪，离开了废品收购站。

陆川也负了伤，继续战斗下去对他没有任何好处，只要"鬼眼"抢回来了，这次的任务就算顺利完成，不一定非得要跟对手拼个你死我活。

在漆黑夜空的掩护下，陆川贴着墙根很快回到落脚的旅店。

陆川受的伤不算轻，除了肩膀被弹片割伤外，还受到一定程度的内伤，现在哪怕是稍稍用力呼吸，都会感到疼痛无比。这一番激战也是侥幸逃脱，差点就命丧敌人之手。

调整了一会儿，总算是恢复了一点元气，陆川这才三两下脱掉衣服裤子，走进卫生间，冲了个凉。这个时间，酒店里面没有了热水，山谷的夜晚要洗冷水澡，但陆川对此全然不在乎。

擦干身子，陆川给自己注射了一针消炎药，接着对着镜子开始缝合臂膀上的伤口。

重新穿好衣服后，陆川用阮七给他准备的密码解锁器打开了密码箱，把里面的一块晶莹透亮的芯片取出来，小心翼翼地放在贴身衣兜里。

山里的夜晚有些微凉，夜风就像手臂般轻轻抚摸着陆川的脸庞，陆川很快进入了梦乡。

嗒！嗒！

门外的走廊传来轻微的脚步声。

陆川一下子从梦中惊醒，长年累月培养出来的敏锐神经，让他不会错过一丝风吹草动。

黑暗中，陆川屏住呼吸，竖起耳朵凝神倾听，脚步声在陆川的房门口停了下来。

陆川翻身而起，顺势抓过枕边的三棱军刺，背靠墙壁站立着。

那人在来到门口后，就再没有什么动静了。

不一会儿，陆川嗅到一阵刺鼻的异味。他顿感不妙，侧身一看，只见门缝下飘进来浓浓白烟，并很快在房间里弥漫开来。

催泪瓦斯！

陆川快要不能呼吸了，眼前白茫茫的一片，眼泪止不住地哗啦啦往外流，整个人头昏脑胀，有种要晕倒的感觉。

陆川顺手抓起枪袋，迅速退到窗边。

夜风吹进，感觉好了一些。

陆川举起HK手枪对着门口。无论是什么人，只要他胆敢踏入房间一步，陆川就能在第一时间让他毙命。

啵——

夜空中划出一条火线，一颗狙击子弹旋转着刺破空气，一枪轰碎了玻璃窗。

幸好敌人这一枪出现了一丝偏差，子弹擦着陆川的耳朵飞了过去，碎裂的玻璃片当头落下来，飞溅得到处都是。

在距离旅店百米开外的一辆皮卡车上，一名全副武装的狙击手半跪在后面的货厢里，双手托举着一把L96A1式狙击步枪，嘴角露出森冷的笑意，一头银发在夜风中轻轻飞舞。

咔嚓！

狙击手娴熟地拉了一下枪栓，一颗金灿灿的子弹壳弹出枪膛，落在脚下。再次推膛上弹，枪膛里传来清脆的声响，狙击手冷冷说道："这次你可没那么好运了！"

然而，当狙击手眯着眼睛，再次从瞄准镜里看出去的时候，窗口处已经不见了陆川的踪影。

嗯?!

混蛋，躲起来了?

"乖乖，快出来！快出来呀！"银发狙击手发出阴桀的笑声，瞄准镜里的十字架在窗口扫来扫去，飞快地搜寻陆川的身影。

突然，银发狙击手脸上的表情僵硬了，因为他从瞄准镜里看见一根黑洞洞的狙击枪管从窗户口伸了出来，正对着他所在的方向。

银发狙击手惊得汗毛倒竖，猛地低下脑袋。就在他低头的一瞬间，一颗狙击子弹拖着火焰状的尾巴飞射而至。

银发狙击手感到虎口一阵发麻，手中的狙击步枪被弹落开去。也幸好他反应及时，才从鬼门关捡回一条命来，但虎口已被震裂。

还没缓过神来，又有两颗狙击子弹相继飞射而来，一颗击碎了皮卡车的玻璃，一颗击穿了车顶，留下一个冒烟的弹孔。银发狙击手蜷缩在货厢里，完全不敢抬头。

这个银发狙击手绰号"银狐"，是暗影兵团里的神枪手。银狐对自己的枪法非常自信，未曾遇到过对手，哪曾想在这个边陲小镇居然第一次遇上了跟自己旗鼓相当的高手。对于狙击手来说，狙击枪就是他们的生命，这次连枪都被对方打飞，对银狐的自尊心无疑是极其严重的打击。

银狐面如死灰，一颗心疯狂地颤抖着，心中又惊又怒。

房间里，陆川收起狙击步枪，把枪袋往背上一甩，飞身跃出窗口，攀着水管迅速下滑。在距离地面还有两米多高的时候，陆川松开双手，稳稳落在地上。

抬头向上看，只见一道人影出现在陆川房间的窗户边上。

那人往下看了一眼，沉声喝气，双手在窗台上使劲一撑，竟然径直飞身从三楼上跳了下来，着地滚了一圈，安然无恙地单膝跪在地上。

陆川微微皱起眉头，只见此人穿着一身黑衣劲装，长得虽然不是很高大，却是个肌肉猛男，发梢的一撮头发是白色的。这人戴着一张黑色面具，挡住脸颊的下半部分，眼神如刀子般锋利。

陆川缓缓起身，耸了耸肩膀，丢下枪袋，"看样子你是不会让我走了！"

"聪明！"白毛的瞳孔里射出两道寒光，只见他的手掌滑过裤腿，一把闪烁着寒芒的 TOPS 钢鹰战斗军刀出现在他的掌心里。

白毛顺势向前一个翻滚，指尖灵活摆动，钢鹰军刀在掌心里画了个圈，发出撕裂布匹般的声响，锋利的刀刃化作一道寒光，径直削向陆川的脚踝。

只一个动作就可以看出，白毛的刀路极其刁钻古怪。

当！

清脆的撞击声响，火花飞溅。

陆川速度也很快，反手拔出三棱军刺挡住了这一击。

白毛微微一怔，猛地一咬牙关，发出野兽般的怒吼，双脚在地上使劲一点，整个人飞身跃起，钢鹰军刀紧贴着三棱军刺向上划过，发出尖锐刺耳的摩擦声响。伴随着一连串飞溅的火星，钢鹰军刀贴着陆川的鼻尖掠了过去，削飞了陆川一缕头发。

陆川蹬蹬蹬连退三步，微微有些心惊，好厉害的刀法！

"哼！"白毛冷哼一声，没有给陆川喘息的机会，脚尖在地上连续点了两下，再次飞身扑向陆川。这次他改变了刀路，改削为刺，钢鹰军刀唰的一声刺破空气，在陆川眼里只看见一个闪烁的白色光点。

钢鹰军刀最锋利的地方在刀尖，所以如果采取"刺"这种方式，能够将钢鹰军刀的杀伤力提高到最大程度。

陆川眼见白毛来势汹汹，不敢硬接这一刀，迅速将三棱军刺护在胸前，整个人飘然后退。

陆川的速度快，白毛的速度也不逊色。

那个闪烁的寒冷刀尖就像跗骨之蛆，无论陆川怎样变换身形，始终紧紧跟随，距离陆川的胸口不到五公分。

可恶！

陆川被白毛逼退到了墙角，已经没有后路可避。

白毛虽然戴着面具，但仿佛能够看见他挂着阴冷且得意的笑容。

但是，白毛还是小看了陆川，从流落异乡开始，陆川就一直在各种格斗场摸爬打滚，近身格斗技早已练得炉火纯青，白毛又岂能轻易击杀他？

陆川刚才一直在避让，但他有着比常人更加敏锐和细致的观察力，已将白毛的刀路记下，了然于胸。

陆川突然往左偏了一下脑袋，钢鹰军刀贴着陆川的脸颊刺过去，当的一声钉在墙壁上。

白毛猛地一怔，一颗心乱颤不已："什么?!这家伙……这家伙居然躲开了?!"

此时此刻，白毛的心中惊诧无比，他原本以为这次可以一击即杀，却万万没有想到自己的刀路已被陆川看穿，并且成功躲避。

就在白毛愣神的时候，陆川的嘴角却扬起一抹笑意。

白毛看见陆川的笑容，情不自禁地打了个冷颤，他的心里掠过一丝阴影，糟糕！

白毛来不及退开，一道寒光闪过，陆川手握三棱军刺，齐肩削断了白毛的右臂。

白毛发出一声凄厉的惨叫，捂着断臂踉跄着向后跌坐在地上。

陆川冷冷瞥了一眼白毛，径直从他身旁走过，头也不回地说道："从今往后，你再也不能握刀了！"

白毛瘫坐在地上，嘴唇咬出血来，冲着陆川的背影嘶声大吼："杀了我！你这个混蛋！杀了我！杀了我呀！"

陆川的身影慢慢消失在黑夜中，他的声音遥遥传入白毛的耳朵："告诉你们老大，我的名字叫——陆川！"

第九章　七　杀

　　看着西蒙的照片，陆川的手指慢慢收紧，将资料揉成了一团。之前陆川还有些抗拒这次任务，但现在却有些莫名的欣喜，因为他看见了替刺客小组兄弟们报仇的希望，没想到这个机会来的如此之快。

哗啦啦！

阮七斟上一杯茶，慢慢品味着。

两个妖媚的年轻女人坐在阮七左右两边，一人给阮七剥葡萄皮，另一人给阮七按摩着肩膀。

"老板，陆川回来了！"门口有人向阮七禀报。

"哦?!"阮七放下茶杯，挥了挥手，示意那两个女人退下去。

门口很快出现了陆川魁梧挺拔的身影，阮七招了招手，让陆川进来。

陆川在阮七对面坐下，阮七亲自给陆川斟上一杯茶，"怎么样？东西带回来了吗？"

陆川从贴身衣兜里摸出"鬼眼"，递到阮七面前。

阮七接过芯片看了看，满意地笑了起来，"好！很好！非常好！"

阮七收起芯片，盯着陆川道："当初我果然没有看错人，你每一次的表现都让我非常满意，连"鬼眼"都能从暗影的手上抢回来，看来这世上没有什么事情能够难倒你！"

"能够为阮老板效力是我的荣幸！"陆川说。

"哈哈哈！"阮七朗声笑道："年轻人，不用谦虚！我说过，跟着我，你一定会登上世界级的舞台一展身手！"

"多谢老板赏识！"陆川颔首道。

"一直以来有件事情令我不太高兴！"阮七点上一支雪茄，递给陆川一支。

陆川接过雪茄，在手里把玩，"老板，有什么事情尽管吩咐便是！"

阮七点点头，从桌子下面抽出一个文件袋丢在陆川面前，"听说过反政府武装吗？"

陆川心中微微一动，面上却不露声色，"略有耳闻！"

阮七吐了口烟雾道："反政府武装的首领是我的好兄弟，跟我一起合作很多年了，可是现在他死了！"

"那可真是遗憾！"陆川凝视着阮七的眼睛，心中暗道："难道阮七知道了我的真实身份？要不然为何会提到这件事情？"

"我为他的离开感到惋惜，同时也感到深深的愤怒！你知道吗？他每年能够给我们创造一亿美金的价值，现在他死了，也就意味着我们每年损失一亿美金！"

说到这里，阮七的瞳孔里喷出熊熊火焰，他怒气冲冲地骂道："我要为他报仇！这里有一份名单，里面是杀害他的幕后黑手。"

"你要我去杀了他们？"陆川明白了阮七的用意。

阮七点点头，"没错！让这些王八蛋统统下地狱去吧！"

陆川随手打开文件袋看了一眼，"看来要完成这次的任务目标，我可能需要些帮助！"

"没问题！"阮七说，"无论是金钱、人手还是武器，你要什么有什么！"

陆川点点头，收起文件袋。

"对了，这次的任务完成的很不错，袋子里还有一张支票，算是对你的奖励！"阮七悠然地吐了个烟圈，"把这件事情办妥，我会带你进生产工厂！"

"谢谢老板！"陆川谢过阮七，躬身退出屋子。

回去的路上，陆川有些心事重重，这次的任务目标是 D 国的官员，可陆川不能拒绝，也没有办法拒绝。

推开房门的时候，莎拉正在窗户下面写着什么。听见开门声响，她慌忙停笔，将一本黑色的小册子迅速收起来。

陆川皱了皱眉头，莎拉的动作虽然很快，但还是被陆川发现了，她在写什么？为什么会表现的如此慌张？

莎拉起身拂了拂金色的长发，回头看见是陆川，不由得愣了一下。

陆川没有追问莎拉的小动作，很快便舒展开眉头，微微一笑，"怎么？不认识了吗？"

莎拉低低欢呼了一声，快步来到陆川面前，展开双臂就要拥抱。不过莎拉突然想起了什么，不好意思地放下双臂。"你活着回来了？"莎拉搓了搓手指，不知道该说些什么。

"当然是活的！难道我是鬼吗？"陆川放下背包，脱掉外衣。

莎拉说："你饿了吗？"

"有一点！"陆川点点头。

莎拉指了指厨房，"我去给你做点吃的，你先去洗个澡，一身臭烘烘的！"

昏黄的灯光下面，陆川打开文件袋，一张支票滑落出来。陆川定睛一看，上面的金额竟有五百万美金之多。

但是陆川并没有什么兴奋，他将支票放在边上，详细翻看里面厚厚的一沓资料。

很快，陆川就在资料里发现了两个熟悉的人：西蒙少将和罗斯特工。

看着西蒙的照片，陆川的手指慢慢收紧，将资料揉成了一团。之前陆川还有些抗拒这次任务，但现在却有些莫名的欣喜，因为他看见了替刺客小组兄弟们报仇的希望，没想到这个机会来的如此之快。

"你在看什么？"莎拉来到陆川身后。

陆川指着桌上的资料说道："这是阮七给我下达的新任务！目标是几个D国的官员。"

莎拉微微一惊，"阮七该不会要你去杀了他们吧？"

"对！杀了他们！"陆川点点头。

莎拉倒吸一口凉气，"你真的要去杀了他们？"

陆川顺势拿起一把军刀，唰地亮出刀刃，翻转刀把，一刀插落下去，将罗斯特工的照片钉在桌子上，冷声说道："这些人都是畜生！我要让他们血债血偿！"

"你跟这些人有过节？"莎拉诧异地望着陆川，心莫名地颤抖了一下，因为她从来没有见过陆川如此震怒的模样，她不敢看陆川的眼睛，那眼神跟刀子似的，非常骇人。

"是深仇大恨！这些人背信弃义，我有十多个兄弟都死在他们手上，我答应过那些死去的兄弟，一定会给他们报仇的！"

"那……你打算怎么做？"莎拉问。

陆川冷冷从牙缝里蹦出一句话："以其人之道还治其人之身！"

"什么……什么意思？"莎拉不太明白这句话的意思。

翌日。

清晨的第一缕曙光照射进炼狱丛林。

阮七刚刚睁开眼睛，就听见守卫禀报："老板，陆川找您！"

阮七推开怀中的女人，起身套了件宽大的睡衣，打着呵欠走出卧房。

"这么早来找我，有事么？"阮七请陆川坐下，自顾自地斟上一杯茶，抿了一口。

"是关于对付D国官员的事情。"陆川说。

"哦？"阮七眉毛微微上扬，"怎么样？你有什么计划吗？"

"我需要点人手！"陆川开门见山，说明来意。

"没问题！我说过，无论你要什么，我都会无条件地支持你！"阮七一口答应下来。

陆川紧握双拳，"我打算组建一支任务小组。"

"好！"阮七颔首道："这件事情由你全权负责，但是时间不要拖得太长！"

"一个月！"陆川竖起右手食指。

当初西蒙少将成立刺客小组，利用陆川他们为自己做事，现在陆川也要成立一支任务小组，反过来对付西蒙少将。

正午的太阳当空高悬，村口前面的广场上整齐地站立着上百号人。

实话讲，陆川不愿意与这些人为伍，因为他们压根算不上什么战士，只是一群亡命之徒。

"这些都是身体素质比较好的人。"阮七对陆川说。

陆川点点头，手捧着一本花名册，像一个教官似的，绕着这些人走了两圈，从近百人的队伍里挑选了差不多五十人出来。

陆川站在这五十人前面，朗声说道："从今天开始，我将对你们进行最严苛的训练，你们当中百分之九十的人都会被淘汰，最后我只会留下六名精英，你们都要为这仅有的六个名额而努力。阮老板已经说了，最后剩下的六名成员，每人先给一百万奖励金，这可是一笔不小的财富，你们听清楚了吗？"

"听清楚了！"五十个人高声呐喊，神情激动。

正所谓"重赏之下必有勇夫"，一百万的奖励金对于这些人来说，确实是一笔天大的巨款，相信每个人都会为之努力训练。

众所周知，要想成为一名优秀的战士，必须具备一流的战斗力，而战斗力是综合素质的体现，包括了体能、格斗、枪械以及各项生存技能等方面。作为一名优秀的特种兵，陆川当然懂得怎样去训练这些人。

半个月时间过去，最初的五十个人，现在只剩下三十个还在坚持，队列也从之前的五列变成了三列，剩下的三十人，在这短短半个月的时间里脱胎换骨，战斗力得到极大提升。

又过了半个月，有十个人经过了重重考验，通过综合评比，陆川从中选出六人。

"乌金！"

"伊布！"

"黎小虎！"

"陈默！"

"德伦！"

"黄勇波！"

陆川捧着花名册，点出六个人的名字。

六个人挺胸而出，在陆川面前排成一列。

陆川的目光缓缓从他们的脸上扫过，"恭喜你们，你们六人可以留下来！"

六人还有些不敢相信自己的耳朵，你看看我，我看看你。

陆川背着双手，"怎么？很惊讶吗？回头到我那里领取支票，每人一百万，这是集训之前给你们承诺的奖励金！"

"太好啦！"六人激动得高声欢呼，又蹦又跳，一百万对于他们来说简直是一笔巨款。

这六个人是陆川亲自挑选出来的战士，陆川对他们的能力很有信心。

陆川带着六个人来到阮七面前，"老板，经过一个月的集训，我已经选出最优秀的六个人！"

阮七满意地点点头，"很好！很有效率！只是不知道他们的战斗力究竟如何，是否真的能够完成这次的行动？"

陆川道："出发之前，我会对他们进行一次实战考验，到时候老板你可以亲自检验他们的能力！"

"好！"阮七摸了摸下巴，"你们这个团队有没有名字？"

"有！"陆川点点头，从牙缝里说出两个字："七杀！"

"七杀？！"阮七抚掌大笑，"哈哈哈！好名字！好名字！就叫七杀！"

此时此刻，西蒙少将那些人并不会知道，一头野兽已经在炼狱丛林里睁开了眼睛，他们要为自己犯下的罪行接受应有的惩罚。

临出发之前，陆川安排了一次实战演练，检验七杀小组的作战能力。

阮七亲临现场，他也想看看，陆川一手打造出来的七杀小组究竟有多么厉害。

任务的内容很简单：目标在一座竹楼里面，身边有八名保镖，七杀小组所要做的就是干掉目标。

演练的时间选择在晚上，因为夜晚是实施行动的最佳时间。

通过摄像头，竹楼的图像传送回了电脑。德伦在键盘上一阵敲打，屏幕上很快就出现了竹楼的三维立体图像。

有了这个立体图像，陆川就能很好地安排战术。

"德伦，你留在这里负责掌控全局！"陆川拍了拍德伦的肩膀。

德伦比了个 OK 的手势，咧嘴笑道："没问题！"

"乌金，你去后门堵截，如果目标从后门逃走，就会进入你的攻击范围。陈默，你在前门负责牵制敌人。黄勇波去摧毁目标的座驾，切断他的逃跑路线。黎小虎、伊布跟着我，明白吗？"陆川很快就安排好了攻击战术。

众人点点头，脸上写满自信。

"上！"

陆川张开五指，一声令下，各人按照陆川布置的战术分头散开。

"狙击手就位！"无线耳麦里面传来乌金的声音。

"OK，枪手准备！"陆川对着无线耳麦说道。

"明白！"陈默应了一声，借着夜色的掩护，迅速逼近竹楼大门。

门口有两个高大的黑衣保镖在持枪巡逻，他们丝毫不知道死神正向他们逼近。

"嘿！"陈默如同幽灵般出现在两个黑衣保镖面前。

两个黑衣保镖蓦地一怔，随即下意识去掏枪。

但是陈默没有给他们任何机会，只见他手腕翻转，左右双手同时亮出两把勃朗宁手枪，扣下扳机，两声枪响合并为一声，命中两个保镖的胸口。

两个保镖的心窝处出现了两个白点，代表着他们已经"死亡"。两个保镖对望一眼，神色黯然地退出训练场。

"有人闯入！有人闯入！"

竹楼里响起警报声，两个保镖一边用无线耳麦呼唤着同伴，一边持枪往门口跑去。

"保护好老大！"

四个黑衣保镖将目标团团围住，迅速冲出竹楼，往车库跑去。

"黄勇波，看你的了！"陆川说。

"没问题！捂住耳朵！"黄勇波的声音从耳麦里传来。

话音刚落，就听轰隆一声炸响，停放在车库里的那辆越野车变成一颗火球，火光映红夜空。

爆炸产生的气浪将一个保镖掀翻在地,那个保镖狼狈地从地上爬起来,"走后门!走后门!"

四个保镖护着目标往后门跑去,刚刚跑到门口,一个保镖应声而倒,胸口正中出现一个白点,已然"阵亡"。

"有狙击手!快退回去!"

剩下的三个保镖惶恐不已,赶紧护着目标退回竹楼。

可还没等他们跑进屋,陆川已经在门口一枪"点爆"了其中一个保镖的脑袋。

另外两个保镖刚想有所动作,黎小虎怒吼着冲出来,如同一辆重型卡车,将那两个保镖撞飞出去,半晌都爬不起来。

目标大惊失色,转身想要逃跑,脖子上却被架了一把冰冷冷的军刀,伊布的声音在他身后响起:"别动!你已经被杀了!"

前门传来两声枪响,陈默利用运动战,在跑动中放倒了两个前来支援的保镖。

目标一脸颓然之色,双手摊开:"我们输了!"

"战斗结束,收队!"陆川对着耳麦说道,紧接着七杀小组的队员迅速消失在茫茫夜色中。

只不过短短十分钟的时间,这次的行动就画上一个圆满句号,目标和他的八名保镖全部被"击毙",七杀小组的第一次亮相就让阮七感到相当满意。

"好!好!好!"阮七连说了三声"好",脸上挂着兴奋的神色。

"陆川,好样的!有了这样一支精锐的战斗小组,谁敢得罪我,我就让谁下地狱!哈哈哈!"阮七张开双臂,纵声大笑。

第十章　夜色下的幽灵

　　随着时间的推移，罗斯渐渐变得焦躁起来，他原本就受了伤，再加上这一番发疯般的狂轰乱打，使得他的大量体能被燃烧消耗，体力渐感不支，呼吸也开始变得沉重起来。随着体能下降，罗斯的攻势也随之下滑，出招越来越缓慢，已不见方才那种架势。

陆川再一次来到这个美丽的海滨城市。不过这次来不是因为格斗赛，而是为了解决"死亡名单"上的头号人物：克拉夫将军。

克拉夫是西蒙少将的顶头上司，西蒙所做的事情都要经过克拉夫的批准；亦或说，西蒙所做的一切，都是克拉夫下达的指令；在幕后的人往往才是最阴险最可恨的。

陆川啪地打开打火机，看着跳动的火焰慢慢点燃克拉夫的档案，化成灰烬，飘落在桌子上。

陆川起身推开窗户，咸湿的海风吹拂着他的面颊，对面是一个高档别墅小区，根据资料显示，克拉夫的情人就住在这里，每到周末，克拉夫会来和她幽会。

连日来，细雨绵绵，天色阴沉的如同世界末日。

傍晚的街道湿漉漉的，霓虹灯亮起，给夜晚增添了一份朦胧的美丽。

无线耳麦里传来德伦的声音："队长，目标出现！"

陆川握着一根银匙，慢慢地搅拌着杯子里的咖啡，淡淡说道："行动！"这次行动已经进行了周详的计划，陆川根本不用亲自出马。

一辆黑色的奔驰越野车缓缓从街口驶出，锃亮的车身在雨中显得很霸气。穿过这条街道，就能看到那个高档小区了。这条路克拉夫每周都会走一次，风雨无阻，此刻他正眯着眼靠在座位上打盹，养精蓄锐。

一辆厢式小货车不偏不倚，挡住了越野车的去路，任凭越野车司机怎样鸣喇叭，小货车都纹丝不动。

"怎么了？"克拉夫睁开眼睛。

越野车司机同时也是克拉夫的贴身保镖，每周他都负责接送克拉夫到这里。身为高官，风流韵事还是越少人知道越好，所以每次克拉夫都只带上这一个保镖。

"我下去看看！"越野车司机浓眉一挑，将手枪别在腰后，推开车门走了下去。

街边的小酒吧里飘出阵阵歌声，克拉夫跟随音乐有节奏地敲打着手指，忍不住心潮澎湃。

越野车司机走到小货车前面，"嘿，小子，你挡着路了！"

小货车的引擎盖掀了起来，小货车司机抬起头，脸上带着几块油污，歉意地笑了笑，"不好意思哥们，发动机出了点问题，马上就弄好！"

越野车司机摇摇头，丢下一句"搞快点"，转身回到越野车内。

小货车司机压了压帽檐，嘴角掠过一丝不易觉察的冷笑，因为他不是别人，而是七杀小组的陈默。

"前面的货车抛锚了，可能需要等一会儿！"越野车司机对克拉夫说。

克拉夫没说什么，继续闭上眼睛打盹。

谁都不曾看见，此时此刻，越野车下面的井盖悄无声息地移开了，爆破手黄勇波从井口匍匐爬出来，横躺在越野车底。他从裤兜里摸出一个遥控炸弹，迅速固定在越野车的底盘上面，然后侧身一滚，如同幽灵般消失在井口处，重新合上井盖。

原来这一切都是陆川为克拉夫专门设计的"死亡陷阱"。

陈默合上引擎盖，吹着口哨坐回驾驶室，发动油门离开了路口。他戴上无线耳麦，冷笑着说："队长，一切准备就绪，随时可以送他上西天！"

陆川饮完杯子里最后一口咖啡，正好看见那辆奔驰越野车从街角转过来，朝着小区门口驶去。

为了避免误伤路人，在之前陆川并没有引爆炸弹。现在越野车已经穿过繁华的街道，是时候结束任务了。

陆川拿起桌上的遥控器，按下了红色按钮。

轰隆！

巨大的爆炸声传过了几条街。

那辆奔驰越野车变成一颗熊熊燃烧的火球，被气浪冲上半空。

罪恶，在火光中消陨。

陆川拿起"死亡名单"，在克拉夫的名字上面横着画了条红线。

第二天，克拉夫遇袭的消息传遍大街小巷。

然而，就在城里闹得沸沸扬扬的时候，七杀小组已经身处在百里之外的海边丛林里。从这里能够看见金黄色的沙滩，蔚蓝色的海浪。晨风徐徐，椰子树摇曳着舞动，发出哗啦啦的声响。

"队长，这是今天的报纸！"

伊布打开车门，递给陆川一张新闻早报。

报纸用头版头条报道了克拉夫的事情，同时还挖出克拉夫密会情人的丑闻。

陆川笑了笑，放下报纸，吸着冰可乐，拿起"死亡名单"。

"队长，什么时候出发？"乌金收拾好枪袋，回身问陆川。

陆川双手合拢，托着下巴，眼神淡然，"你们不用去了！"

啊?! 什么意思? 队员们迷惑不解地看向陆川。

陆川噌地站起身来，"这个人必须由我亲自解决！"

在队员们惊诧的目光中，陆川侧身走出越野车。

乌金看了一眼"死亡名单"，上面印着一个名字——罗斯！

夜晚，天空飘起小雨，罗斯走出电梯，回到自己的公寓。

他左手提着一个公文包，脸上带着深深的倦意。

上级把克拉夫事件交给他查办，让他在规定时间里找出凶手，可是现在一点线索都没有，这让罗斯感到压力非常大。

罗斯甩了甩昏沉的脑袋，拖着疲惫的身体打开房门，脱掉被淋湿的外衣后便提着公文包往书房走去，看来今晚要熬夜加班了。

刚刚走进书房，罗斯正准备伸手开灯，突然，借着外面朦胧的灯光，他发现一个人正坐在书桌后的皮椅上！

"什么人?!"罗斯厉声大喝，把手伸向后腰，握住枪把。

"你终于回来了！"那人冷冷说着，慢慢将皮椅转身，他的手里握着一把枪，黑洞洞的枪口正对着罗斯的脑袋。

罗斯不敢轻举妄动，因为他知道，如果此时拔枪的话一定比不上对方的出手速度。

"老朋友上门做客，不倒杯咖啡吗？"那人微笑着说。

罗斯浑身一颤，脑海中划过一道闪电，这声音好熟悉……

"陆川?!"罗斯脱口叫道。

陆川淡淡笑道："贵人多忘事，你总算是想起我了！"

"你……你没死?!"罗斯脸色大变，惊诧得张大嘴巴。

"托你的福！"陆川伸了个懒腰，站起身来，"想必你正绞尽脑汁地猜测是谁实施了这次行动吧？"

"是你? 陆川!"罗斯蓦然惊觉，指着陆川大叫："可恶，我居然没有想到！"

陆川并没有接话，"还记得刺客小组吗？"陆川突然问。

罗斯怔了怔，"当然记得！那是我亲手打造的一支特战小分队！"

"呵呵！"陆川笑了起来，但是笑声却很冰冷，"你亲手打造的刺客小组，最后却亲手毁了它，是吧？"

"我……"罗斯摇了摇头，"这不是我一个人能够决定的！"

陆川突然提高声调："我们为了你们出生入死，剿灭反政府武装，但是最后呢？最后你们却背信弃义，像丢垃圾一样把我们丢掉！我们没有死在反政府武装的手里，却死在自己人的手里！你觉得，死去的十一个兄弟他们会甘心吗？你难道就没有一丝一毫的愧疚和难过吗？"

罗斯低着头，紧紧咬着嘴唇，"很抱歉！我刚才已经说了，这不是我一个人能够决定的！"

"当然！我知道！这是你们一群人决定的！"陆川的瞳孔里突然射出刀子般锋利的寒意，站起身一巴掌拍在办公桌上，"你们究竟为了什么要灭口刺客小组？"

半晌，罗斯回答道："这我不能告诉你！"

陆川冷眼看着罗斯手中的公文包，"我相信我能在你的包里找到答案！"

罗斯道："你觉得我会把包交给你吗？"

陆川道："不用你交，我会自己取的！"

砰！

话音未落，陆川突然扣下扳机。

罗斯不愧是高级特工，在陆川扣下扳机的刹那，他举起公文包挡在面前。子弹射在公文包上，留下一个冒烟的弹孔。罗斯就地一滚，顺势拔出手枪，对着陆川还以颜色。

砰！

黑暗中，一条火线贴着陆川的脸颊掠过去，穿透了后面的落地窗玻璃，就像划破天际的流星，消失在细雨纷飞的夜空中。

砰！砰！砰！

两人在并不算宽敞的书房里展开了生死激斗，书房随即一片狼藉。

曾是教官与学员的两人，现在却成了分外眼红的生死仇敌。

咔——

清脆的空膛声响传来，老天爷真会开玩笑，在两人生死对决的关键时刻，枪膛里竟然同时没有了子弹。

两人微微一怔，几乎是在同一时间将手枪掷向对方。

然后罗斯张开右手五指，一根甩棍自袖口滑落，罗斯抓住甩棍，凌空一甩。陆川冷哼一声，从裤袋里缓缓抽出三棱军刺，锋利的刀刃在黑暗里微微泛着冷光。

陆川眯上眼睛，"罗斯，你一定很清楚死在军刺下是怎样一种滋味吧？"

罗斯面色一变，发出一声怒吼，纵身跃上，抡起甩棍，凌空朝着陆川的脑袋狠狠砸落。

当！

火星四溅。

陆川举起三棱军刺架住了罗斯的攻击。接着他猛地一咬牙，双臂发力，硬生生将罗斯向后弹开。

不等罗斯发起二次攻击，陆川已经抢先出手，三棱军刺化作一道寒光，直刺罗斯面门。

罗斯侧身闪开，三棱军刺贴着罗斯的左肩，插入墙壁里面。罗斯顿觉左肩传来火辣辣的痛感，低头一看，西装已被划破，有鲜血溢出。

罗斯瞪红双眼，猛然一声喊，甩棍在他手腕上旋转一圈之后，横扫在陆川的腰眼上。

砰！

陆川被打得蹭蹭蹭连退三步，用手捂住痛处。

罗斯趁势而上，甩棍舞出的呼呼风响化作层层幻影，朝着陆川当头笼罩，速度快得惊人。

罗斯攻势凌厉，陆川也毫不示弱，与罗斯展开了激烈的对攻。两人在刀光剑影中来回穿梭，乒乒乓乓的撞击声响不绝于耳。

呼！

甩棍迎着陆川的面门横扫而过。陆川在间不容发之际低头让开，甩棍贴着他的脸颊扫了过去，脸颊一阵火辣辣地疼。

与此同时，陆川迅速还击，三棱军刺同样扫向罗斯的面门。

罗斯虽然竭力躲避，但只觉左边脸颊微微一凉，半张脸直接被军刺划出一道深邃的血痕，鲜血涌泄出来，看上去就像一只恶鬼，面容丑陋而狰狞。

呀！

罗斯痛哼一声，捂着脸后退两步，靠着墙壁呼呼地喘着粗气，鲜血不断从指缝中流出来滴落在地上。

陆川缓缓举起右臂,三棱军刺冰冷冷地指着罗斯。

罗斯咬着牙关道:"没想到你还是比我快一步!"说完发出一声怒吼,再次扑上来,施展出浑身解数,一连向陆川发起数十招攻击,一浪接着一浪,仿佛要把陆川吞没在惊涛骇浪之中。

然而,陆川一击得手之后,头脑更加冷静。他就像一艘漂泊其中的小船,波澜不惊,沉稳应对,凶险异常,却始终没有倾覆。

随着时间的推移,罗斯渐渐变得焦躁起来,他原本就受了伤,再加上这一番发疯般的狂轰乱打,使得他的大量体能被燃烧消耗,体力渐感不支,呼吸也开始变得沉重起来。体能下降,罗斯的攻势也随之下滑,出招越来越缓慢,已不见方才那种架势。

此消彼长,罗斯的气势渐弱,陆川的气势却在升涨。

终于,陆川窥出罗斯的一个破绽,突然纵身而上。只见他虚晃一下,用军刺引开罗斯的甩棍,暗地抬起左臂,手肘狠狠击打在罗斯的胸口上。

罗斯猝不及防,胸口猛遭一记重击,顿时胸骨断裂,哇地喷出一大口鲜血,踉跄着退到书房门口,然后紧贴着墙壁颓然滑坐在地上,手中的甩棍哐当落到地上,骨碌碌滚到一边。

罗斯捂着胸口,唇角满是鲜血,艰难地喘息着:"陆川……你赢了……"

陆川走到罗斯面前,"今天我是带着十一个兄弟的血债而来,现在是你还债的时候了!"说完举起三棱军刺。

陆川走到落地窗前,任夜风拂动发梢,玻璃窗上倒映出史金、马修斯、阿龙……一张张熟悉的脸庞。

他拎起罗斯的公文包,从里面翻出一个U盘。

回到落脚的酒店,陆川将U盘交给德伦,"帮我把这个解密!"

"小意思!"德伦接过U盘插入电脑,手指在键盘上一阵敲打,屏幕上滚动出一条条程序代码。两分钟后,代码下面出现了一串数字:91274。

"OK!搞定了!密码是91274!"德伦打了个响指。

陆川接过电脑,输入密码数字,顺利进入U盘文档。

在U盘的文档里,陆川发现了一个关于当初成立刺客小组的文件,名叫"屠宰场计划"。

点进这个文件之后，陆川的心便不由自主地紧绷起来。里面的内容令他瞠目结舌，身体因极度的愤怒而微微战栗。

所有的真相竟然是这样！

陆川终于明白为什么要成立刺客小组，又为什么要灭口刺客小组，因为克拉夫等人想要永远埋葬这个"屠宰场计划"。为了他们的私利，不知当初牺牲了多少无辜村民！而提出这个疯狂计划的不是别人，正是西蒙！

"西蒙！你逃不掉的！你逃不掉的！"陆川慢慢握紧拳头，眼神变得无比坚定。

第十一章　最后一个名字

陆川?!

这个名字犹如闪电般划过西蒙的脑海,西蒙的心狠狠抽搐了一下,脸上的五官变了形,他不敢相信自己的耳朵,"你……你果然没有死!"

"什么?!罗斯也被杀了?!好的,我知道了!"

西蒙面色阴沉地放下电话,脸颊上的肌肉情不自禁地狠狠抽搐了一下。罗斯的战斗力西蒙很清楚,连罗斯都能杀死的人,实力真是难以想象。

西蒙揉了揉太阳穴,掏出手机打了个电话:"喂!给我准备一架直升机,对,就是现在,我马上来机场!"

西蒙挂断电话,随手披上外衣,提起一个大箱子,匆匆忙忙出了家门,爬上自己的路虎越野车,一路风驰电掣往机场赶去。

思前想后,西蒙还是决定先去外地避避风头,他知道实施这一系列行动的人终有一天会找上他。

其实西蒙不知道,他已经被七杀小组盯上了。

在西蒙打电话的时候,德伦成功窃取了西蒙的通话内容,西蒙所说的每一个字,都从电脑里传递出来。

"老大,看样子这混蛋想要逃跑!"德伦嚼着口香糖说。

"看看离他最近的军用机场在哪里!"陆川托着下巴,目光阴冷。

德伦调出卫星地图,很快就找到一座小型的军事训练机场:奇胜机场。

陆川看了看屏幕,沉思了一下,"应该就是这里。大家准备行动,绝对不能让这个混蛋跑掉了!"

半个钟头后,西蒙驾驶着越野车抵达奇胜机场,出示过证件,西蒙开车驶入。

奇胜机场主要是武装直升机的训练场地,机场很小,停放着数架"小羚羊"武装直升机。

西蒙刚通过闸门,紧跟而来了一辆越野车。

机场守卫敬了个军礼:"请出示证件!"

车窗缓缓摇下,一支黑洞洞的枪口从里面伸出来,犹如毒蛇般紧盯着站岗的卫兵。

卫兵面色大变,伸手去腰间拔枪。

哒哒哒!

突击步枪的声音响起,枪口喷出炽烈的火焰。卫兵身中数弹,当场倒在血泊中。

越野车加大马力,喷出一尾青烟,一头撞断栏杆,旋风般冲进机场。

机场响起刺耳的警报声，甚至盖过了螺旋桨的轰鸣声。数十名荷枪实弹的卫兵从机场四面八方冲上来，追击那辆越野车，"有人闯入机场！快拦下他们！"

哒哒哒！哒哒哒！

枪声大作，那些卫兵举枪对着越野车连连扫射。

那辆越野车的天窗缓缓打开，一挺机枪从里面伸出来，粗犷的枪口彰显出强大的杀伤力。

黎小虎嘴上咬着香烟，探出半个脑袋，"老子还没登场呢！"在烟蒂弹出车外的瞬间，机枪爆发出可怕的怒吼。越野车边开边打，虽然是在白天，但依然能清楚地看见漫天飞射的火线。

听见枪声，西蒙没有回头，他已经清楚地意识到，这支武装小队是冲着他来的。

西蒙把车冲到一个停机坪上，猛然一个急刹车，神色慌张地从车里跳出来。

停机坪上停有一架"小羚羊"武装直升机，螺旋桨轰鸣，卷起猛烈的风。

西蒙提着箱子，迎着强劲的旋风冲上直升机，对飞行员大声叫喊道："起飞！"

飞行员启动直升机，螺旋桨加速旋转，扬起漫天尘土之后，缓缓盘旋升空。

西蒙脸色阴郁，迅速打开箱子，从里面拿出一把巴雷特狙击步枪。他熟练地推膛上弹，然后举起枪，瞄准下面那辆布满弹孔的越野车。

就在西蒙准备扣下扳机的时候，一个冰冷的东西顶住了他的后脑勺，紧接着传来一个声音："丢掉枪！"

西蒙浑身一颤，脸上顿时变得毫无血色，人为刀俎，他为鱼肉，只能乖乖听从命令，将狙击枪丢出机舱。

西蒙缓缓举起双手问道："你到底是谁？"

"不记得我了吗？陆川！"陆川的脸庞从后舱的阴影中显现出来。原来陆川早已藏身到直升机上，等待西蒙自投罗网。

陆川?!

这个名字犹如闪电般划过西蒙的脑海，西蒙的心狠狠抽搐了一下，脸上的五官变了形，他不敢相信自己的耳朵，"你……你果然没有死！"

陆川冷笑道:"我死了,谁来揭露你们的罪行呢?"

西蒙突然变了张脸,"也许我们可以坐下来面对面谈一谈,这中间可能有些误会!"

陆川道:"你没资格跟我谈,要谈可以,下地狱跟死去的那帮兄弟们谈吧!"说完他一咬牙关,准备扣下扳机,但在这一刹那,西蒙突然跳出了机舱!

陆川猛然一惊,一枪打了个空。他探头往机舱外看去,但却没有看见西蒙的影子。

就在此时,一道人影突然从直升机下面蹿上来,一脚踹在陆川的胸口上。

陆川定睛一看,面前的人影正是西蒙!

西蒙果然是好身手,他刚刚飞身跃出机舱,挂在了直升机的起落架上,然后趁机向陆川发起了反击。

陆川摔在机舱里,手枪随之滑了出去,掉下了直升机。

西蒙咬牙切齿,面容狰狞,右手握着一把明晃晃的夜鹰平刃军刀。夜鹰军刀在西蒙的手指尖熟练地绕来绕去,划出一朵朵刀花。

西蒙恨声说道:"我早该猜到是你!在炼狱丛林的时候就不该让你逃掉!"

陆川冷冷回道:"那你能猜到有一天我会来找你报仇吗?"

"报仇?!"西蒙浓眉一挑,厉声呵斥道:"那就要看你有没有这个本事了!呀——"西蒙一声怪叫,反转军刀,揉身扑上。

他很清楚陆川的实力,所以一上来就是杀招,不敢有丝毫的轻敌大意。西蒙扑落在陆川身上,高举军刀,径直朝着陆川的眉心插落下去。

当!

火星飞溅,西蒙的虎口隐隐发麻。

在这千钧一发之际,陆川拔出三棱军刺架在脑袋上方,挡住了这一刀。与此同时,陆川屈膝发力,顶撞在西蒙的腹部,将西蒙掀翻在地。这一次,陆川反扑到西蒙身上,扬起三棱军刺凶猛地刺落下去。

唰!

西蒙侧脸闪避,三棱军刺贴着西蒙的脸颊落下,插入机舱底部。

"去死!"

西蒙闪电般出手还击,夜鹰军刀刺向陆川腰眼要害。

但听嚓的一声，陆川虽然向后躲避，但锋利的刀刃还是在他的腰眼处留下一道口子，鲜血一下子涌出来。

陆川忍痛，臂膀发力，整个身体腾空而起凌空旋转，一记鞭腿重重地扫在西蒙的脸上。

西蒙被踢得向后滑行，一下子跌出了机舱。但他的反应极快，在滑出机舱的瞬间，用双脚勾住机舱门，使自己倒挂在舱门口。

陆川落下来，拔出三棱军刺直接劈向西蒙的双脚。

西蒙凌空翻身，单手抓住直升机的起落架，整个人在劲风中摇来晃去。

陆川猛地一咬牙关，竟也腾空跃出去握住了起落架，和西蒙面对面。

面对陆川如此举动，西蒙的脸上露出惊诧之色，心中已然有了一丝怯意，"疯子！真是一个疯子！"

陆川冷声说道："能够想出'屠宰场计划'的人，才是真正的疯子！"

西蒙心中一惊，失声道："你知道'屠宰场计划'了？"

陆川的目光里似要喷出火来，"今天，我就要为刺客小组的兄弟们报仇，为那些冤死的村民们报仇！"

话音落毕，陆川举起三棱军刺，朝着西蒙胸口刺去。

西蒙急忙挥刀挡开军刺，瞪红了双眼，嘶吼道："陆川，今天我要让你下地狱，这样刺客小组就能团聚啦！"说罢，朝着陆川疯狂举刀劈砍，状若癫狂。

空中的风力非常强劲，吹得两人摇摆不止，几乎连眼睛都睁不开，可在这样极端危险的状况下，陆川和西蒙依旧挥动着武器你来我往。

唰！

西蒙的攻势很猛，陆川左脸颊挨了一刀。西蒙狞笑一声，再次持刀劈向陆川。

陆川猛然发力，一个单臂大回旋，不仅躲开西蒙这一刀，而且翻身立在起落架上，俯身冲进机舱。

陆川拎出一个降落包背上，对西蒙说了句"再见"，在跃出机舱的一刹那，回身丢出一颗手雷。

陆川的身影迅速变成一个黑点，降落伞在他的头上绽放。

西蒙惊恐万状地嘶吼着，他的声音被劲风吞没，任他拼命想要翻身爬进机舱,却已经来不及了。

轰隆!

手雷在机舱里爆炸,直升机的尾翼腾起熊熊烈火,碎裂的铁皮四处飞溅,失去平衡的直升机打着转从天上坠落。

陆川飘然落地,他抹了一把脸上的汗水,抬头望着晴朗的天空。

嘟!嘟!

远处传来汽车的喇叭声,一辆越野车飞驰而至。

"队长,上车!"

车窗摇下,德伦冲着陆川招手。

陆川用三棱军刺迅速割断伞绳,打开车门,飞身跃入车中。

"任务总算完成啦,真棒!"

"回去肯定有奖金!想想数钱的感觉,那真是做梦都要笑醒!"

队员们一个个喜形于色,不时发出热烈的欢呼声。

但陆川的脸上却没有太多的喜悦,坐在角落里,默不作声。

第十二章　地下工厂

　　阮七家的后院是一小片树林，很广阔。只见他走到一个树桩子前面，从兜里摸出一把钥匙，插入树桩子上的一个小孔里，轻轻一扭。就听咔咔声响，陆川惊得睁大眼睛，只见脚下的地面裂开了一条缝隙，数秒钟之后，居然变成了一条密道！

轰隆隆!

伴随着螺旋桨的轰鸣声,一架武装直升机盘旋着降落在村口,卷起漫天沙尘。

为了迎接七杀小组的归来,阮七亲自带领集团高层接机。村口整齐地排列着荷枪实弹的武装分子,当七杀小组走出机舱时,这些人同时举枪对着天空突突射击。把枪声当成礼炮,在炼狱丛林里面算是最高规格的礼遇。

阮七笑容满面,快步迎了上来。

陆川带着队员来到阮七面前,抱拳行礼道:"报告老板,任务完成!"

阮七大笑,拍着陆川的肩膀道:"干得漂亮!非常漂亮!我已经在新闻里面全部看见了,哈哈!"

阮七揽着陆川的肩膀,"好兄弟,欢迎回来!今日我给你准备了丰盛的晚宴,咱们不醉不归!"

"谢谢老板!"陆川点点头。

夜幕降临,曼陀罗集团召开盛大的庆功晚宴,所有成员悉数到场。杀鸡宰牛,各种美酒果蔬,熊熊篝火映红夜空,非常热闹。

陆川在阮七身旁坐下,现在在集团里面,只有陆川才有资格坐在阮七的身边。

"哈哈哈,给你安排两个美女吗?"阮七问。

"不用了,我自带!"陆川拉着莎拉坐下。莎拉今晚很漂亮,虽然只是略施粉黛,却显得娇媚无限。

阮七抚掌笑道:"兄弟不是一般人,口味都是这么与众不同,来!把酒满上!"

陆川给自己的碗里倒上一杯烈酒。

阮七端起酒碗,起身说道:"兄弟们,举起酒碗!这碗酒,是敬陆川兄弟的!陆川的能力大家有目共睹,希望有了陆川的加入,咱们曼陀罗集团的生意能够越做越红火!"

下面的人举臂高呼,声震四野。

阮七扭头对陆川说道:"陆川,你也给兄弟们讲两句吧!"

陆川点点头,高举酒碗道:"别的话不多说,感谢阮老板的赏识,日后我一定竭尽所能,好好效力!"

下面掌声热烈，陆川在他们的心目中，已经成为神般的存在。

"你现在的地位很高嘛！"莎拉说这话的时候，口吻有些怪怪的。

陆川笑了笑，没有说话。

场地中央的篝火烧得劈啪作响，人们大口喝酒，大口吃肉，围着火堆载歌载舞。

"陆川！"阮七咬着一块烤猪蹄，扭头对陆川说道："明天带你到工厂去看看！"

工厂？！

陆川猛地一怔，没想到阮七居然会主动提起这件事情，在微微的惊讶之后，内心涌起一阵狂喜。

毒品工厂是曼陀罗集团最机密的地方，那里是所有罪恶的源头，陆川这么拼命地为阮七做事，就是为了打入集团内部，掌握到更多曼陀罗集团的详细资料。

"老板，是真的吗？好！"陆川咽下嘴里的牛肉。

阮七将刀子倒插在牛肉上面，"当然是真的。你应该清楚，工厂是曼陀罗集团最核心的地方，普通人根本没有资格进入。但是你绝对有资格！我相信你可以发挥更大的能量。好好干，别让我失望！"

陆川双手捧起酒碗，"谢谢老板栽培，我一定会好好努力的！"

宴会一直持续到深夜，陆川带着几分酒意，在莎拉的搀扶下回到屋子。

莎拉将陆川丢在床上，冷淡地说："马上就能搞毒品了，现在是什么感觉？"

陆川莞尔一笑，"很好！"

"好？！"莎拉变了脸色，声音中带着一丝愤怒，"你帮阮七做事也就算了，现在还帮他搞毒品，你是个人才，为什么偏偏要自甘堕落？你知不知道你这样会害死多少人？陆川，你真是个混蛋！"

"混蛋？"陆川摇了摇头，呵呵笑道："别以为我醉了，我可是听得很清楚，你在骂我！"

"对！我就是在骂你！你是个混蛋！"莎拉大声说道。

陆川掏了掏耳朵，一脸满不在乎地说："随便你怎么说吧，如果我是混蛋的话，你现在也不会站在这里骂我，我早就到阮七面前揭发你了！"

"揭发我？揭发我什么？"一脚已经跨出房门的莎拉微微一惊，转过身来。

陆川伸了个懒腰，四仰八叉躺在床上，"你随身携带的小本子，别以为我不知道里面记了什么！"

听到这话，莎拉的神情显得有些慌乱，搪塞道："不要胡说八道，那只是我的私人日志而已，我有每天记日志的习惯！你以为会记了什么？"

"记了……这里的一切……"陆川冲着莎拉眨了眨眼睛。

莎拉身体猛地向后退了一步，脸上流露出讶然之色。

"这样吧，要想我不去揭发你，就看你怎么表现了！"陆川眯着眼睛笑着说道。

"什么？！你……你……你这是趁人之危！"莎拉恼怒地唰地红了脸庞。

陆川打了个呵欠，"条件我已经开出了，你看着办吧！"

莎拉低垂着头，准备重新走进卧室，"陆川，我……"

忽然砰的一声，陆川关上了房门，里面传来哈哈大笑的声音，"太迟了，留着下次吧！"

莎拉怔了怔，这才反应过来，恼火地拍着房门，"陆川，你个混蛋，居然捉弄我，开门！看我不咬死你！啊啊啊！"

翌日一早，阮七召见了陆川。

陆川早就对这个毒品工厂有所耳闻，但是在整个村庄里，都没有发现它的踪影。

"跟我来！"阮七招了招手，领着陆川走向后院。

陆川心中甚是不解，到后院来做什么？

阮七家的后院是一小片树林，很广阔。只见他走到一个树桩子前面，从兜里摸出一把钥匙，插入树桩子上的一个小孔里，轻轻一扭。就听咔咔声响，陆川惊得睁大眼睛，只见脚下的地面裂开了一条缝隙，数秒钟之后，居然变成了一条密道！

陆川突然明白了，怪不得平日里没有一点风声，原来这个工厂竟是在地底下！

阮七冲陆川招了招手，"还愣着做什么？跟我下去吧！"

两人一前一后往密道走去。

密道里面很宽敞,"老板,这里……这里便是工厂吗?"陆川环顾四周。

"没错!"阮七嘿嘿笑了起来,面露得意之色,"这应该是世界上第一座地下毒品工厂!当初我为了打造这座地下工厂花了好几亿美金呢!"

陆川暗暗咋舌,阮七这个大毒枭果然是老奸巨猾,居然能够想到在地下建工厂,还真是有些出人意料!

陆川跟随阮七走下密道,门口有两个卫兵把守。

左边那个卫兵手持红外线探测仪,在阮七和陆川身上扫了一遍;右边那个卫兵递上两件白色防护服让阮七和陆川换上。

陆川心中暗道:"这里的戒备还真是森严,就连阮七都要接受检查!"

"感觉怎么样?"阮七带陆川参观后问道。

陆川点点头,"让我大开了眼界!"

阮七拍了拍陆川的肩膀,"以后你就替我好好管理这个工厂,我相信你的能力,别让我失望!"

陆川额首道:"放心吧,绝对不会让你失望的!"

看到陆川回到家,莎拉问:"怎么样?见到毒品工厂了吗?"

陆川点点头。

莎拉道:"工厂在哪里?"

陆川看了莎拉一眼,"为了你的安全,你知道的越少越好!"

莎拉微微一怔,叹了口气,"好吧!那你能给我讲讲,工厂内部是什么样的吗?"

陆川双手枕在脑后,在床上躺了下来,"全套现代化的制毒设备,流水线作业!"

"天呐!"莎拉咋舌道,"那你想到什么办法没有?"

"什么办法?"陆川反问道。

莎拉压低声音道:"怎样对付阮七?"

陆川哈哈一笑,随即面色沉下来,"我可是阮七最信任的手下,要风得风,要雨得雨,我怎么会对付阮七呢?你记住,以后这些话最好不要再提起，否则你是怎么死的都不知道！"

莎拉张了张嘴，想要说点什么，终究还是摇了摇头。

这种地方人心狡诈，隔墙有耳，一旦有半点风声走漏到阮七的耳朵里，莎拉绝对会没命，而自己的计划也会随之变为泡影。

现在陆川只有等，等待一个最佳的时机。

第十三章　逃亡之路

"你们跟着陆川学习了不少本事，这次的搜捕行动就由你们六个负责，务必要把陆川的首级给我带回来！你们听好了，谁能杀死陆川，重奖五百万！"阮七握了握拳头，心中暗道："陆川啊陆川，我是不会让你活着离开炼狱丛林的！所有背叛我的人，都得死！都得死——"

半个月以后,迎来阮七五十岁生日。作为炼狱丛林里的"毒王",自然来了不少毒贩们前来道贺。村庄一改往日阴冷肃杀的气氛,张灯结彩,寿宴摆了两三百桌。

"来!兄弟们!大家举起酒杯,敬老板一杯,祝老板生日快乐!"陆川高举酒杯,朗声说道。

下面的人全部举起酒杯,齐声大呼:"祝老板生日快乐!"

觥筹交错,阮七带着陆川挨桌敬酒,给陆川介绍了许多制贩毒集团的老板。

这一日,阮七非常高兴,喝了不少酒,宴会结束的时候,他已经有些醉了,走路都在摇晃。

陆川对守护阮七屋子的两个卫兵说道:"我扶老板进去休息,你们退下吧!"两个卫兵应了一声离开了。

陆川将阮七搀扶进房间,回头看了看,外面静悄悄的,没有人跟上来。

陆川又低头看了看阮七,只见阮七双眼紧闭,满脸潮红,看样子醉得不轻。

今夜是个绝好的机会!

陆川心中一动,顺势将阮七放倒在床上,摸走了他随身携带的钥匙。

陆川来到后院,快步走到树桩前面,掏出钥匙,插入锁孔,顺时针方向扭动一圈。回头看去的时候,后院的地面上已经出现了一条缝隙,密道口显现出来。

陆川暗吸一口气,闪身进入密道。

今天所有人都去参加阮七的生日宴会,工厂里面一个鬼影都没有,只有陆川的脚步声在回荡。

陆川很快就进入中央控制室,启动了控制室的电脑,然后取出事先准备好的U盘,将电脑里面的机密文件全部拷贝到上面。作为控制中心,这里记录着曼陀罗集团的所有交易内容,这些机密文件都是曼陀罗集团犯罪的铁证。而且根据这些信息,还可以顺藤摸瓜将其他贩毒集团一并连根拔起。

嘀!嘀!

屏幕上的传送条从红色变成绿色,显示已经完成了拷贝。

陆川拔出U盘,迅速关闭电脑,退出工厂,这一切做的神不知鬼不觉。

陆川回到阮七的屋子里,刚刚走进房门,就听见阮七冷冰冰的声音从黑暗中传来:"你到哪里去了?"

陆川猛然一惊,一颗心顿时提到嗓子眼,没想到醉酒的阮七竟然清醒了过来。

"我尿急,去后院撒了泡尿!"陆川努力平复内心的汹涌。

"撒尿?!"阮七打了个酒嗝,冷笑着说:"该不会跑到工厂里面去撒尿吧?"

陆川的后背已然溢出了冷汗,"老板说笑了,当然没有!"

阮七突然拔出一把手枪,枪口顶上陆川的脑袋,厉声说道:"拿来!"

"什么东西?我不太明白!"陆川说。

阮七拨开手枪保险,瞳孔里闪烁着杀意,"同样的话我不会说两遍!我的钥匙在你身上吧?"

陆川舔了舔干燥的嘴唇,将钥匙递给阮七。

阮七摇头叹息道:"陆川啊陆川,我是这般地信任你,你为什么要这样做?为什么?"阮七突然提高声调嘶吼着,脸上的表情因为愤怒而显得狰狞可怖。

陆川没有说话,此时此刻他很绝望,做了这么多事情,难道最后却要功亏一篑吗?

阮七的手指已经按在扳机上面,"你不说也没有关系,我会在你的额头中央开一个大洞!虽然我很欣赏你,但我决不会留一个叛徒在自己身边!"

陆川默然闭上眼睛。

但是枪声并没有响起,反而传来一声闷响,紧接着,陆川听见了一个熟悉的声音:"臭小子,你没事吧?"

陆川又惊又喜,猛地睁开眼睛,莎拉?!

没有错,站在陆川面前的不是莎拉还会是谁?金色的长发,碧蓝色的眼睛,高挺的鼻梁,陆川万万没有想到,莎拉就像天神降临,在关键时刻救了自己一命。

莎拉的手里拿着一个酒瓶,瓶底还有血迹滴落。阮七倒在地上,后脑被砸出一个大口子,鲜血咕噜噜往外流,已然是昏迷状态。

"你……怎么会在这里?"陆川惊讶地问。

莎拉道:"我看见你支走了两个卫兵,所以就悄悄跟了进来,想看你究竟要搞什么名堂!"

陆川摸了摸衣兜,沉声说道:"我刚才进入毒品工厂,拷贝了曼陀罗集团的绝密资料,现在我们要速度离开这里!"

莎拉点点头,丢下酒瓶,"我们快走吧!"

陆川牵着莎拉的手一口气跑回自己家里,迅速收拾好东西,取出巴雷特狙击步枪,别上手枪,带上三棱军刺,还带了两瓶清水、几块压缩饼干和几盒肉罐头。

十分钟后,陆川带着莎拉走到村口。

村口巡逻的卫兵跟陆川打招呼:"陆哥,这是要到哪里去呀?"

陆川搂着莎拉,装着一脸醉态的样子,嘿嘿笑道:"去林子里,你懂的!"

卫兵跟着猥琐地笑了笑,目光在莎拉的身上来回瞟了几眼,"陆哥,你可早去早回呀!"

陆川挥了挥手。

陆川凭借自己的身份轻易走出村庄,面对黑压压的连绵起伏的炼狱丛林,陆川问莎拉:"做好准备了吗?即刻起,我们将踏上一条逃亡之路,是生是死都不清楚!"

莎拉突然在陆川的脸颊上落下一吻,"无论生死,我会一直跟着你的!"

陆川牵起莎拉的手,点点头,两人的身影很快消失在密林之中。

天色蒙蒙亮的时候,村庄里面响起了刺耳的警报声,人们纷纷从睡梦中惊醒,披上外衣,带上枪械,迅速汇聚到村口的空地上。

"集合!紧急集合!"

沉寂的村庄突然间人声鼎沸,犬吠鸟叫。不过片刻,已有数百人荷枪实弹在空地上待命。

阮七脑袋上缠着厚厚的绷带,面色阴冷,怒气腾腾地走过来。

底下的人面面相觑,不知道老板怎么会搞成这样。

"知道我头上的伤是怎么来的吗?"阮七指着自己的脑袋说道。

这些人摇头,都不知道发生了什么事情。

阮七吼道："这都是拜陆川所赐！"

陆川？！

下面传来一片惊呼声，陆川不是老板身前的大红人吗？

阮七道："从现在开始，陆川不再是曼陀罗集团的人！他窃取了工厂的机密，并且打伤了我！我要你们全部出动，抓住陆川这个叛徒，把他的首级带回来见我！明白了吗？"

"明白！"下面的人振臂高呼。

"七杀小组在哪里？"阮七叫喊道。

除了陆川，其余六人在阮七面前一字排开。

"你们跟着陆川学习了不少本事，这次的搜捕行动就由你们六个负责，务必要把陆川的首级给我带回来！你们听好了，谁能杀死陆川，重奖五百万！"阮七握了握拳头，心中暗道："陆川啊陆川，我是不会让你活着离开炼狱丛林的！所有背叛我的人，都得死！都得死——"

武器库里面，乌金六人迅速更换着战斗服，各自挑选称手的武器。

"真不明白，队长位高权重，为什么会背叛曼陀罗集团？"伊布拿起一把手枪掂了掂，摇头叹息。

"也许队长根本就是个卧底！"乌金取出一把狙击步枪，拉了拉枪栓。

"队长也算是我们的师父，我们的本事都是他传授的，我们斗得过他吗？"黄勇波有些担忧地说。

"懦夫！"黎小虎握了握拳头，"他只有一个人，我们有六个人，他再怎么厉害，也不会是我们六个人联合起来的对手！对吧，陈默？"

"陈默，你怎么不说话？"德伦扭头问。

陈默低头默默地整理着枪支，"没什么好说的，我也不知道该说些什么！"

乌金将狙击子弹一颗颗按进弹匣里面，阴沉着脸说："既然陆川已经背叛曼陀罗集团，那他就不再是我们的队长！他现在是我们的敌人，大家一定要明白这一点！"

伊布将一把捕鲸叉插入裤腿，嘴角扬起一抹冷笑，"反正我是不会手下留情的！"

"对！"黄勇波点点头，"陆川走了，现在轮到我们上位了，我们一定要好好把握这个机会！"

陈默没有参与讨论，他将双枪斜插在腰后，推开大门独自走了出去。

德伦道："他好像心情不太好！"

黎小虎道："管他的，他不想上位我们想！这里本就是弱肉强食，我可不想被别人吃掉！"

乌金背上枪袋，"别磨叽了，我们出发吧！"

清晨的丛林里飘荡着氤氲的水雾，白茫茫的一片。

经过一夜跋涉，陆川和莎拉的身上都覆盖着一层湿漉漉的露水。

陆川不时掏出指北针，辨别方向，"走这边！"

"能休息一会儿吗？我的腿快断了！"莎拉说。

陆川这才想起，莎拉不可能像自己一样承受这样高强度的行进。他让莎拉坐下来休息，这才发现莎拉的脚上磨出了不少水泡，疼得脸色都变了。

陆川从背包里取出急救箱，拿出一根细针，用防风火机把针尖烧得通红。

"来！把脚放上来！"陆川拍了拍自己的大腿，"你怎么不早点说？"陆川小心翼翼将烧红的针尖将莎拉脚底的血泡一个个挑破，将里面的脓水放出来。

莎拉疼得脸颊微微抽搐，"这点小伤，有什么好说的？"

"挺坚强的嘛！后面的路程还长着呢，千万不要逞强！"陆川取出一瓶药粉，给莎拉敷上止血药。

莎拉直视着陆川的眼睛，"实话讲，你究竟是什么人？"

陆川莞尔一笑，"男人呗！"

莎拉道："别打岔，你知道我在问什么！"

陆川收起急救箱，微笑着望着莎拉，"其实这话该我问你吧？你又是什么人？"

莎拉翻了翻白眼，用陆川刚才的话语回敬道："女人呗！看不出来吗？"

陆川伸了个懒腰，取出一瓶清水递给莎拉，"一般的女人可没有你这样坚强，你应该是受过特殊训练的人！你也不是什么摄像师对吧？你来炼狱丛林的目的就是为了调查曼陀罗集团，查找毒品工厂的犯罪证据，我没说错吧？"

莎拉接过清水，咕咚咚灌了一大口，没有承认也没有否认，"哼！装得自己多聪明似的！"

陆川拔出三棱军刺，"你在这里歇会儿，我去弄点野味回来，补充些体力！"

莎拉背靠在树干上，看着陆川转身离开的背影，心中甚是疑惑："陆川啊陆川，你究竟是什么人呢？"

陆川倒提着三棱军刺，没走多远，就感到潮湿的水汽扑面而来，拨开面前的一片灌木丛，前方果然出现了一个湖泊。

"挺好！"陆川微微一笑，卷起裤腿，慢慢摸进水里。湖泊里有鱼，陆川准备抓两尾鱼回去。

等到一条鱼从脚下游过去的时候，陆川突然闪电般出手，三棱军刺直插入水中，飞溅起高高的水花。当他从水下拔出军刺的时候，上面穿透了一条鳞片闪闪的肥鱼。

陆川顺手将鱼抛到岸边，继续举起军刺，准备再捕一条。

就在这时候，寂静的丛林里传来隆隆声响，四周的树林开始摇晃起来。

陆川侧耳倾听，发现那声音来自天上，明显是直升机的轰鸣声。陆川抬头一看，果然看见前方有两架武装直升机从树林上方低空掠过，螺旋桨卷起的气漩将周围的树木吹得枝叶乱飞，惊跑了不少小动物。湖泊上面也荡漾起圈圈涟漪，鱼群在水中惊慌失措地游来游去。

陆川深吸一口气，一个猛扎潜入水里。直升机低空飞行，陆川只有潜伏起来，才不会被直升机上面的枪手发现。

听着螺旋桨的轰鸣声远了，陆川才从水里探出头来，拖着湿漉漉的身体爬回岸边，拾起那尾肥鱼迅速跑回莎拉歇脚的大树下面。

看见陆川归来，莎拉急忙问："听见直升机的声音了吗？"

陆川点点头，"看样子他们已经追上来了，我们得尽快离开这里！"

陆川一边说着话，一边用三棱军刺刮去鱼鳞，将肥鱼开膛剖腹，然后迅速生起一堆篝火，将鱼架在火堆上面翻烤。

不出片刻，鱼肉就已经熟了，外焦里嫩，散发着浓郁的肉香。

陆川吹了口热气，将烤鱼递到莎拉面前，"烤熟了，快趁热吃吧！"

"我们一人一半吧！"莎拉说。

"不用！"陆川摆摆手，"你是女人，体质较弱，应该多吃点！我随便啃点干粮就行了!"

陆川一边说着,一边从背包里摸出两块压缩饼干,就着清水往肚子里咽。

莎拉咬了一口烤鱼,心中暗道:"想不到这个粗野汉子竟然也有如此柔情的一面!"

等莎拉吃完烤鱼,陆川挖了个坑,将篝火和鱼骨全部埋进去再重新压实。

"你挺谨慎的!"莎拉说。

陆川耸耸肩膀,擦了把额上的汗水说:"没办法,一个不小心就会死无葬身之地!"

"哎,能给我一把枪吗?"莎拉问。

"枪?"陆川笑了笑,将"沙漠之鹰"递给莎拉。

莎拉说了句"不错",接过枪熟练地把玩起来。

"做警察的吧?"陆川直视着莎拉的眼睛。

莎拉嘴角微微扬起,"国际刑警!"

"你来炼狱丛林就是为了调查曼陀罗集团?"陆川其实心里早已猜出了莎拉的身份,所以当沙拉表明身份时,并没有显得惊讶。

"曼陀罗集团早就进入了国际刑警的黑名单,只是苦于一直没有找到突破口。所以这次我来炼狱丛林,就是为了打入曼陀罗集团内部,掌握阮七的第一手犯罪资料!"莎拉说这话的时候,浑身上下英姿勃发。

陆川摇摇头,"你可真够胆大的!要不是遇见我,你知道你会遭遇什么吗?"

莎拉咬了咬嘴唇,"我不怕死,我来这里之前就已经做好了充足的心理准备!"

陆川吁了口气,"死,并不可怕!最可怕的是想死死不了!"

莎拉将手枪别在腿上,"那你为什么救我?因为你并不是毒贩,对不对?"

陆川笑了笑,自顾自地往前走去。

莎拉追上去,"做人要坦诚,我都告诉你真实身份了,那你也应该告诉我你的真实身份究竟是什么?是卧底吗?"

陆川停下脚步,口吻变得很沉重:"我不是卧底,我也不为任何部门工作,我只是在完成一个承诺!"

"承诺？什么承诺？"莎拉满脸不解。

"对死去兄弟们的承诺！"陆川的眼睛里闪烁着凶悍而坚定的神色。

莎拉托着下巴道："从你的身手来看，你以前应该是一个特种兵吧？让我猜猜看，你肯定是带着兄弟们跟曼陀罗集团作战，结果任务失败，你的那些战友兄弟全部战死了，所以你一心想要为他们报仇，对不对？"

陆川将枪袋扛在肩上，淡然一笑，"你挺聪明的，八九不离十吧！"

陆川和莎拉在原始丛林里面行走了整整一天，只有在正午阳光最毒辣的时候停下来休息了一下。莎拉短暂地睡了一会儿，陆川没敢睡，一直守护在旁边。

黄昏时分，两人来到一座山头下面。

晚霞如丝带般缠绕在群山之巅，映红了天际。有晚归的倦鸟在云浪中飞翔，叫声让整个世界充满了悲凉。

"嘘，你听，有人说话！"莎拉突然拉住陆川，手指贴在嘴唇上，做了个噤声的手势。

陆川蹲下身来，小心翼翼拨开前面的灌木丛，取出狙击步枪，通过上面的瞄准镜打量前方。

只见前方有一片丛林里经常能见到的泥洼地，旁边安扎着两顶帐篷，帐篷外面生着一堆篝火，约有十个穿着迷彩军装、全副武装的人围在火堆旁边烤肉、喝酒，带头的那人陆川一眼就认了出来：黎小虎。

陆川缓缓放下狙击步枪，回头对莎拉说道："是曼陀罗集团的人！"

"啊?!"莎拉一脸惊讶，"那些人……那些人怎么会跑到我们前面去了？难道他们长了翅膀不成？"

"空降！"陆川面沉如水，"记得早上看见的直升机吗？他们一定是乘坐直升机空降到这里来的！阮七很聪明，他知道这里是进入山坳的唯一路径，我们要想逃离炼狱丛林，迟早都会走到这里来，所以他提前派人守在这里，拦住我们的去路！"

"没有别的路能翻过这座山吗？"莎拉问。

陆川摇摇头，"有是有，不过要绕上一大圈，会耽搁不少时间！"

"要花多长时间？"莎拉问。

陆川叹了口气，"半个月！"

"啊?!"莎拉咬着嘴唇，如此长的时间，足以拖垮他们的身体，"那怎么办?"

陆川深吸一口气,慢慢握紧拳头,"冲过去!"

"冲过去?能行吗?他们也许根本就不止十个人,其他小分队肯定都在附近待命,一方有响动,十方都会支援!"莎拉皱起眉头,担忧地说。

陆川放下枪袋,从裤腿里拔出三棱军刺,"那就不要让他们发出声响,静悄悄解决这场战斗!"

第十四章　冲出封锁线

"谢谢队长！谢谢队长！"伊布说着突然间就像换了张脸似的，瞳孔里杀意汹涌，现在的陆川放松警惕，背心空门大露，是刺杀的最佳时机。

伊布一把抓起捕鲸叉，起身疾奔两步，对着陆川的腰眼狠狠捅过去，表情狰狞。

夜幕降临，黑暗歼灭最后一缕阳光，炼狱丛林陷入一片沉寂。

营地里的火光，在黑暗中显得那么孤独。

黎小虎拨弄两下篝火，对下面的人说道："天色已经暗下来了，大家必须加倍提高警惕！"

"是！"那些人神情严肃地拉了拉枪栓，他们知道陆川的厉害，所以谁都不敢有半点松懈。

陆川抬头看了看天色，差不多是时候了。

"会用狙击枪吗？"陆川问莎拉。

莎拉自信地笑了笑，"你说呢？"

"准度怎么样？"陆川问。

莎拉揉了揉鼻子，"十枪九十八环，曾获世界女警射击大赛冠军！"

陆川将巴雷特狙击步枪递给莎拉，"装上消音器，掩护我！"

莎拉接过狙击步枪，熟练地推膛上弹，然后取出消音器装在枪管上，半蹲在灌木丛里，黑洞洞的枪口悄无声息地从灌木丛里伸出去，锁定了营地里的敌人。

陆川将三棱军刺咬在嘴里，从灌木丛小心翼翼地爬出去，无声无息地沉入泥洼地里。

"我去撒泡尿！"一个人有些喝多了，放下啤酒罐，走到泥洼地边上，解开裤带，一边微闭着眼睛，一边吹着口哨，就在这时候，他突然发现泥洼地里出现了一双眼睛，他揉了揉眼睛，以为自己看花了。

是的！

那真的是一双眼睛！而且那双眼睛正阴冷冷地看着他。

这人条件反射地张开嘴巴，不等他发出声音，一道人影突然从泥洼地里飞身而出，左手捂住他的嘴巴，右手将三棱军刺送入了他的心窝。

陆川拔出军刺，这人的身体软绵绵倒下，头下脚上倒插在泥洼地里。

另外一个人也朝这边走来撒尿，他看见了倒在泥洼地里的同伴，皱眉骂道："嘿，你喝醉了吗？怎么滚到里面去了？"

那人蹲在泥洼地边，伸手去拽他的同伴。

突然，他觉得脖子微微一凉，一道寒光闪过，他的世界陡然变为黑暗。

陆川倒提着三棱军刺，闪身进入左边的帐篷。帐篷里面，有两个人正在整理弹药箱。

其中一个以为是自己人进来了，头也不回地说道："来！搭把手，帮我把这箱子弹搬出去！"

"我不用枪的！"陆川冷冷回答。

"你不用枪?！"两个人蓦地一愣，随即转过头来。

陆川突然抢步上前，三棱军刺发出两道雪亮的寒光，直接从两个人的脖子上划了过去。

嗤啦！

帐篷突然被划开一条裂口，发出布料的撕裂声，陆川的身影从帐篷里面飞跃而出，三棱军刺犹如出海蛟龙，直接挑飞了站在帐篷前面的一个武装分子。

"噢！天呐！"

剩下的人看见突然出现的陆川，就像见鬼了似的，一个个嘴巴张得老大，脸上写满深深的惊讶。

啵——啵——

两颗狙击子弹自对面的灌木丛中飞射而至，瞬间点爆了两个武装分子的脑袋。

看样子莎拉没有吹牛，如此精湛的枪法，不愧是射击冠军。

营地里面原本的十名曼陀罗集团的人，不过眨眼的工夫，就只剩下黎小虎和另外一个人。

那个人已经吓傻了，直愣愣地站在那里。

黎小虎心狠手辣，大惊之下，猛地将那人往前一推，挡在自己面前。

噗嗤！

三棱军刺毫不留情地穿透了那个人的腹部，而黎小虎趁着这个机会，挥刀劈向陆川。

陆川眼中寒意一闪，三棱军刺隔着那人的身体刺入了黎小虎的腹部。

噗嗤！

黎小虎浑身一颤，脸上的表情瞬间凝固。他缓缓低头看了看，嘴唇哆嗦着，不断有鲜血从唇角流下，想要说点什么却终究什么都没有说出来。

陆川暗吁一口气，转身对着灌木丛竖起大拇指。

莎拉背着狙击步枪趟过泥洼地，来到陆川面前，同样也对陆川竖起大拇指。

砰——

沉闷的枪声突然划破了夜的宁静。

在枪声响起的同时，陆川飞身将莎拉扑倒在地上，滚入泥洼地里。

一颗尖锐的狙击子弹带着沉闷的咆哮声，没入了漆黑的丛林。

"是狙击手！我去对付他！"陆川说。

莎拉点点头，将狙击步枪递给陆川，自己则从腰后拔出"沙漠之鹰"。

陆川迅速举起狙击步枪，通过瞄准镜，陆川发现两点钟方向的那片灌木丛传来一阵异动，很明显有敌人正朝着这边摸过来。

陆川咬咬牙，平举着狙击步枪。

啵——

枪口喷出一团火星，灌木丛里腾起一团血雾，看样子有人被击中了。

这下灌木丛里的异动更加明显，几条人影从里面蹿出来，显得很慌张。如此一来，这些家伙反而成为移动的枪靶子。陆川轻松地解决掉了几人。

哒哒哒！哒哒哒！哒哒哒！

剩下的几人高声嚎叫着，对着陆川所在的方向疯狂开火扫射。

炽烈的弹雨扫过泥洼地，飞溅起满天的泥浆，留下一片蜂窝状的弹洞。

一轮暴风骤雨般的扫射过后，几个武装分子瞪大眼睛，左顾右盼，寻找着陆川他们的身影。突然，一条火线从泥洼地上的狙击步枪里飞射而出，直接穿透了两个武装分子的胸膛。

砰！砰！砰！

不等剩下的三个人回过神来，莎拉双手托举着"沙漠之鹰"，连续三枪精准的点射。在三团飘荡的血雾中，三人同时倒地身亡。

灌木丛里又恢复了宁静，但是危机并没有解除，藏身在黑暗中的狙击手还没有现身。

"乌金，是你么?"陆川的声音远远传递出去。

几秒钟后，回应陆川的是沉闷的一声枪响，砰！一颗子弹贴着陆川的头皮飞射过去，他感觉到头顶传来一阵灼热。

陆川的眼神猛地一凛，在第一时间观察到子弹飞射而来的方向在十一点钟位置。子弹飞行轨迹的尽头就是狙击手所在的位置。

陆川迅疾对乌金还以颜色，他需要的是出其不意，直接举枪轰向十一点钟方向，并且连开三枪。

乌金穿着迷彩军装，头上顶着一堆野草，藏匿在一棵大树后面。刚刚那一枪他正在暗自可惜，没料到陆川反手一枪就给他还了回来。

乌金在瞄准镜里看见一条火线飞向自己，面露惊讶之色，立即侧身，以大树作为掩体。

砰！

子弹打在树干上，树皮纷飞。

砰！

第二颗子弹又打在同样的位置，树干上出现了一个清晰可见的弹孔。

砰！

第三颗子弹紧随其后，旋转着没入了那个弹孔。

弹孔里冒出一缕青烟，三颗子弹的威力重叠在一起穿透了树干，同时也穿透了乌金的右臂肩窝。

啊呀！

乌金惨叫一声，肩胛骨被击碎，右臂顿时失去力气，狙击步枪随之掉落在地上。鲜血就像利箭一样，从肩窝里激射出来。

乌金脸色苍白如纸，捂着受伤的肩膀，背靠树干无力地滑坐在地上，树干上留下一道长长的血迹。

他的右臂已经完全废了，乌金用脑袋狠狠撞击着树干，发出绝望的嘶吼："啊——"

陆川没有理会乌金，他知道乌金已经无力再战。他和莎拉穿过营地，朝着山坳里跑去，他们要赶在天亮之前，翻过这座山。

陆川和莎拉的身影一直在丛林里穿行，一口气都没歇地走了大半夜。

"能停下休息会儿吗？我有些走不动了！"莎拉双手撑着膝盖，连连喘气，后背心已经被汗水浸湿透了。

陆川回望了一眼身后黑压压的树林，"我也想停下来休息休息，可是现在还不行！"

陆川话音刚落，就听嗖的破空声响，一点寒星从树林里面激射而出。

那是一支弩箭，一支威力强劲的精钢弩箭。

"小心啊！"莎拉忍不住惊呼出声。

陆川目光一沉，迅疾出手，三棱军刺直接劈飞了那支弩箭，发出

"当"的一声脆响。

"出来吧!"陆川昂首挺胸站在那里,右手斜握三棱军刺,气势逼人。

自树林中缓缓走出数名武装分子,这些人手里全部举着弩弓,弩箭拉得笔直,随时准备发射。

一个身材略显瘦小的人走了出来,陆川冷冷笑道:"伊布,果然是你!"

伊布的掌心里拿着一把捕鲸叉,转得呼呼风响,"队长,别再反抗了,跟我回去吧!"

陆川冷哼道:"你觉得可能吗?"

伊布摇摇头,"你本可以飞黄腾达,却又为何要当叛徒呢?你知道的,当叛徒没有好下场的!"

陆川一声怒喝,他强大的气场,使得那些武装分子不敢轻举妄动。

伊布回头看了看那些手下,怒骂道:"没用的东西,这就把你们的胆子给吓破了吗?给我杀!"

"杀!"

十多支利箭迎面激射而来,宛如黑暗中闪烁的点点星光。

"莎拉,你退后!"

陆川沉喝一声,不仅没有躲避,反而挥舞着三棱军刺,朝着激射的弩箭迎了上去。

当!当!当!当!

陆川的身影从漫天的弩箭当中穿梭而过,速度快得惊人,只见一串幻影。军刺寒光过处,不断有人哀嚎着倒地,鲜血在夜风中飘散弥漫。

咕噜!

伊布艰涩地吞咽了一口唾沫,神色慌张地四下环顾,发现除了他以外,带来的人已经尽数倒下。伊布的腿肚子开始发抖,拿刀的手也开始有些不听使唤了。

陆川踏前一步,伊布情不自禁地后退一步。

陆川又踏前一步,伊布又后退一步。

就这样一直把伊布逼到一棵大树下面,伊布背靠树干已经无法后退了。

陆川直视着伊布的眼睛,一字一顿地说道:"近身格斗是我教给你的，你觉得你有获胜的希望吗?"

"没……没有……"伊布嘴唇哆嗦着，突然咚的一声在陆川面前跪了下来，将捕鲸叉用力插入地下，声泪俱下捣蒜般地磕着头，"原谅我吧队长！是我有眼无珠！是我狂妄自大！是我利益熏心！队长，看在曾经一起并肩战斗的份上，求求你饶了我吧！"

往事一幕幕涌上心头，那时候他们一起实施行动，但现在这些曾经的队友却将枪口对准了自己。半晌，陆川终究叹了口气，背过身，冷冷说道："我不杀懦夫，你滚吧！"

"谢谢队长！谢谢队长！"伊布说着突然间就像换了张脸似的，瞳孔里杀意汹涌，现在的陆川放松警惕，背心空门大露，是刺杀的最佳时机。

伊布一把抓起捕鲸叉，起身疾奔两步，对着陆川的腰眼狠狠捅过去，表情狰狞。

砰！

枪声响起，伊布缓缓倒下。

莎拉双手紧握"沙漠之鹰"，枪口冒起一缕青烟。

莎拉摇了摇头，"像这种人渣，根本就没必要可怜他！你好心放他一条生路，他却反过来偷袭你，这种人的心肠比毒蛇还要毒！"

陆川头也不回，一副淡然从容的模样，扬起嘴角笑了笑，"不是有你保护我吗？"

"去你的！"莎拉笑了笑，收起手枪。

天色蒙蒙亮起的时候，陆川和莎拉终于站在山头上。

沐浴着晨风，陆川激动地指着前方说："看见前面那条山溪了吗？沿着山溪继续往北走，不出三天，就能走出炼狱丛林了！"

莎拉道："你怎么这样清楚炼狱丛林的路线？"

陆川擦了擦脸上的汗珠，"从进入曼陀罗集团的那天开始，我一直都在研究离开的路线！"

莎拉道："你真的很聪明！"

"不是聪明！"陆川摇了摇头，"所有的一切都是被逼出来的，因为我要活着！"

莎拉环抱双臂，"好吧！现在你可以告诉我你的真实身份了吧？"

陆川微微一笑，伸手遥指着北面方向，"我是Z国的一名特种兵，是最英勇的战狼突击大队的一员。几年前，我们奉命消灭曼陀罗集团，谁知道却被人出卖，除了我以外，所有兄弟都战死了……"

陆川滔滔不绝地讲了很久，把自己这些年的经历全部说了出来。这些秘密积压在陆川心头很多年，从来不敢对任何人提起，但是在莎拉面前，他可以毫无保留。说完之后，陆川第一次感到如释重负。

陆川张开双臂，沐浴着初升的太阳，微闭着眼睛，感叹道："太棒了！对人倾诉的感觉真的太棒了！"

莎拉点点头，"谢谢你这样信任我，如果……如果可以的话……我愿意一辈子听你倾诉……"

陆川睁开眼睛，一把将莎拉拥入怀中，在她的额头上轻轻一吻。

莎拉轻轻抚摸着陆川的脸颊，"你知道吗？那么久以来，这是我第一次看见你发自内心的笑容！"

陆川牵起莎拉的手，直视着莎拉碧蓝色的眼睛，"其实，我才应该感谢你！从遇见你开始，我仿佛得到了新生！"

莎拉笑了起来，"我们一定会走出这里的，对吗？"

"当然！"陆川坚定地点了点头，他在心里发誓，一定会竭尽全力保护好怀里的这个女人！

轰隆！

一声巨响，震碎了山峦的宁静，也打破了浪漫的气氛。

一颗火球在不远处升起，比太阳还要炽烈。尘土飞扬，爆炸产生的冲击波如同翻涌的海浪，一下子将陆川和莎拉掀翻在地上。

陆川拍了拍莎拉身上的尘土，"莎拉，你没事吧？"

莎拉摇摇头，她被突如其来的冲击波炸得有些晕眩。

陆川使劲揉了揉耳朵，耳朵里仿佛有千万只蜜蜂在飞舞，嗡嗡响个不停。

"呸！"陆川吐了口沙土，抬头朝天上看去，只见一架武装直升机悬停在他们头顶上方。

爆破手黄勇波站在机舱门口，手里把玩着自制的炸药。

"王八蛋！"陆川摘下枪袋，举起狙击步枪。

呼！呼！

两颗炸药从天而降。

轰隆！轰隆！

两团烈火蹿腾而起，陆川被炸得飞了出去，就连狙击步枪都不见了踪影。

"哈哈哈！"半空中传来黄勇波猖狂的笑声，"队长，对不住啦！"

"陆川！陆川！"莎拉哭喊着从地上爬起来，踉跄着跑向陆川落下的地方。

陆川被一堆沙土掩埋着，莎拉拼命地刨挖着上面的沙土，大颗大颗的眼泪滚落下来，"陆川，你不能死！你不能死！你说过会带着我离开这里的！你要说话算话呀！"

"啊呀——"陆川大吼一声，从沙土下面挣扎着爬了出来，大口大口吐着嘴里的沙子，他的脸上就跟焦炭似的，带着斑斑血迹。

陆川甩了甩昏沉的脑袋，"我怎么可能这么容易死掉呢？若是死在这个王八蛋的手中，那未免有失英名！"

莎拉抹了一把脸上的泪水，"吓死我了！敌人的火力很猛，现在怎么办？"

陆川指着不远处说道："快点躲到林子里面去，这样敌人就找不着我们了！这家伙是个爆破能手，自制的这种'流星弹'杀伤力很强！"

"队长，你还没死吗？"直升机飞临陆川上方，螺旋桨卷起的狂风让四周的草丛全都弯了腰。陆川和莎拉仿佛置身在沙尘暴的中心，满头满脸的沙土，而且能见度低，非常难受。

黄勇波狰狞地笑着，举起"流星弹"就要丢落下来。

危急时刻，莎拉迅速拔出"沙漠之鹰"，怒吼道："混蛋！"

砰！砰！砰！

枪口喷出炽烈的火焰，一连三枪，三发子弹全都打在舱门上面，飞溅起一串火星子。虽然这三枪未能打中黄勇波，但是却将黄勇波暂时逼退回机舱里面，不敢轻易露头，为逃跑争取了一丝生机。

"我们走！"陆川紧紧拉着莎拉的手，往不远处的树林奋力跑去。

"想跑？没那么容易！"黄勇波搬出一箱子"流星弹"，接连不断地往下面抛落。

轰！轰！轰！

爆炸声连绵不绝，经过山峦的回荡，听上去更加震耳欲聋。

山头上面就像遭受了一轮火炮的轰击，一颗又一颗的火球腾起来，火光遮掩了晨曦。

陆川不敢回头，更不敢有丝毫的停滞，只要慢上半秒钟，他们都有可能死无葬身之地。此时此刻，陆川和莎拉不仅是在跟黄勇波战斗，还是在和死神赛跑。他们的身影被火焰吞没，继而又从冲天的火光中跑出来。他们就像是暴风眼中央的一叶扁舟，冒着随时倾覆的可能，拼命奔跑。

"小心！"

一颗"流星弹"落在身后不远处，在爆炸声响起的同时，陆川飞身将莎拉推入树林里面，用自己的身体当作盾牌，替莎拉挡住近距离的冲击波。

直升机在树林上方盘旋，始终搜寻不到陆川和莎拉的身影。

黄勇波拿着喊话器，咆哮连连："陆川，今日我就算掘地三尺，把林子炸了，也要把你炸出来！哈哈哈！你逃不掉的，等着受死吧！"

莎拉从陆川身下爬起来，回身见陆川一动不动地趴在地上，赶紧伸手抱住陆川，"你怎么样？陆川，你怎么样？"

"呀！"莎拉突然低低惊呼了一声，因为她发现自己的双手竟然沾满鲜血。

"陆川，你受伤了吗？陆川……"莎拉的声音变得焦急起来。

"呃……"陆川呻吟一声，身体突然动了一下。

莎拉心中一喜，这至少说明陆川还活着。

陆川艰难地撑起身子，莎拉这才发现，陆川的后腰被飞溅的弹片划出长长的一道血口子，战斗服都被血水浸湿透了。

莎拉死死按压着伤口，心中难过，她知道陆川之所以受伤，全是因为保护自己。"急救包呢？快把急救包拿出来，我帮你处理伤口！"莎拉擦着脸上的汗水说。

轰隆！

莎拉话音未落，一颗"流星弹"又在远处炸响，灼热的气浪扑面而来，周围的一切仿佛都被烤焦了似的。

陆川一把抓住莎拉的手，咬着嘴唇沉声说道："现在没时间处理伤口，必须要干掉黄勇波，否则我们避无可避！"

"可是……可是他在直升机上面，我们怎么干掉他？"莎拉瞪大眼睛。

"你对自己的枪法有信心吗？"陆川问。

"当然有！"莎拉点点头。

陆川道："我出去吸引黄勇波的注意力，你找准机会干掉他，明白了吗？"

莎拉张了张嘴巴，"这……这太冒险了吧？这根本就是在赌命啊！"

陆川扬起嘴角，"现在的情势就如赌场，筹码就是生命，只有赢家才能够活下去！"

说完这话，陆川捂着伤口，气喘吁吁，踉跄着往树林外面跑去。

"陆川……"莎拉不由自主地握紧枪把，推开弹匣看了看，老天真会开玩笑，弹匣里面只剩下最后一发子弹。

莎拉深吸一口气，迅速推膛上弹，上帝保佑，希望最后一发子弹能够解救他们！

莎拉猛地一咬牙关，提枪跟上陆川。

见陆川冲出树林，直升机立马掉头飞到陆川上空，黄勇波高举"流星弹"，站在机舱门口，张狂地笑道："队长，对不住啦！"他挥动臂膀，将"流星弹"从机舱里抛出来。

就是现在！

莎拉突然从树林里冲出来，贴地翻滚一圈，单膝半跪在地上，迅速举起"沙漠之鹰"在第一时间扣下扳机。

砰！

"沙漠之鹰"发出一声怒吼，火光闪耀中，最后一发子弹旋转着破空而出，在空中划出一条漂亮的轨迹。

子弹不偏不倚，正好击中飞出机舱的"流星弹"。

黄勇波猛地睁大双眼，脸上闪现出惊恐的神色，"什么？！噢，不——"

轰隆！

猛烈的爆炸声吞没了黄勇波的哀嚎，一颗火球在半空中翻滚，同时引爆了直升机。直升机在空中解体，变成无数的铁皮碎片漫天飞舞。巨响震惊山谷，群山仿佛都在为之颤抖。

过了足足一刻钟的时间，爆炸声远远激荡出去，仍在群山之间萦绕不绝。

陆川从沙土中抬起头来，满脸污渍，回身冲莎拉竖起大拇指，"干得漂亮！"

莎拉捂着嘴巴，怔怔地看着天空中的景象，一时间竟有些不敢相信自己的眼睛。半晌，她才从震惊中回过神来，一骨碌从地上爬起来，踉踉跄跄地跑到陆川面前，一把抱住陆川，激动得大声叫喊："成功啦！我们成功啦！"

"嗯！"陆川点点头，疲惫地阖上眼皮。

"陆川！陆川！你不能睡！你不能睡呀！"莎拉使劲拍打着陆川的脸颊，但是由于失血过多，陆川晕死过去。

醒来的时候，外面已经是晚霞满天。

陆川慢慢睁开眼睛，腰间还是很疼，但是伤口已经缝合好了，没有再流血。

陆川环顾了一下四周，发现这里的光线很暗，微微有些潮湿，像是在一个山洞里面。

洞口外有一条小溪潺潺流过，发出哗啦啦的流水声。

陆川舔了舔干燥的嘴唇，感觉口很渴，于是想起身去外面喝点水。

他动了一下，却发现身上好似压了个重物。低头一看，原来是莎拉趴在自己的胸口上睡得正香。

雪白的香肩，莎拉竟然……竟然没有穿外衣?!

呀！

陆川不由自主地发出一声惊呼。

莎拉被惊醒了，揉了揉惺忪的睡眼，"陆川，你醒了吗?"

陆川点点头，不好意思地别过脑袋，"你……你怎么没有穿衣服?"

莎拉的脸微微一红，迅速起身穿好外衣，"你之前失血过多，一直在喊冷。没有办法，所以我只能主动献身！"

"谢谢你，莎拉！"陆川这才明白，莎拉竟是用自己的身体来温暖他。如果不是莎拉的付出，他很可能就此醒不过来了。

"有什么好谢的，你不也救过我性命吗?"莎拉摆摆手。

"我们这在什么地方?"陆川问。

莎拉道："山溪下面！我背你来的，你可真沉，跟猪一样！"

陆川的心里满满都是感动，莎拉背着昏迷的自己来到这里，这个过程必定是非常的艰辛。

"你的腿怎么了?"陆川发现莎拉的腿上有好几道血痕。

"嗨，没事！你那么沉，背你下山多少也会摔跟头嘛！"莎拉满不在乎地说。

"莎拉……"陆川很是感动，一时间竟不知道怎么开口。

"感觉怎么样？好些了吗？"莎拉问。

陆川点点头，捂着伤口道："感觉好多了，只是口有些渴……"

"早说嘛！你等着啊，我去给你盛些水来，这里的都是天然山泉，甘甜爽口！"莎拉从背包里取出水壶，转身往洞口走去。

哒哒哒！

洞口外突然传来枪声，同时响起的还有莎拉的尖叫声。

陆川猛然一惊，顾不及伤口的疼痛，拔腿就往洞口跑去，"莎拉！莎拉！"

陆川跑到洞口，下意识去摸枪，这才想起狙击枪丢了，那把"沙漠之鹰"也没有子弹了，唯一还能杀敌的只有那把三棱军刺。

暮光中，数条人影趟过山溪，从对面的丛林里走出来。

陆川搀扶起莎拉，莎拉面色苍白，脸上挂着水珠，"糟糕！是曼陀罗的追兵！陆川，我们……我们跑不掉了……"

十几个武装分子散开成一个扇形包围圈，将陆川和莎拉团团围住。

带头的是陈默。

陆川咬咬牙，对陈默说道："要杀要剐我任由你们处置，但请你放过莎拉，她只是一个无辜的女人，是我带着她离开的，一切的罪责由我一人承担！"

陈默缓缓举起双枪，一言不发，面沉如水。

陆川紧紧咬着嘴唇，"陈默……"

砰！

枪声响起，惊飞了一群山雀。

陆川瞪大眼睛，脸上写满不敢置信。

因为这一枪，并不是冲着陆川开的。一个武装分子的脑袋爆起一团血雾，缓缓倒在溪水里。

不仅是陆川，所有人都把目光投向陈默，每个人的脸上都挂着不敢置信的神色。

砰！砰！砰！

枪声接二连三地响起，一个又一个武装分子倒了下去。

近距离的射击，陈默绝对是弹无虚发，而且他是出了名的快枪手，那些武装分子猝不及防，根本来不及做出任何反应。

陆川怔怔地看着陈默，看来他是想独吞奖赏。

陈默收起手枪，抬头望着陆川，终于开口说话："队长，这是还你的人情，你走吧！"

"什么?!"陆川猛然一惊，陈默这番话完全超乎了他的想象。

陆川疑惑地看着陈默，有些不敢相信自己的耳朵，陈默这样做，竟然是为了放他一条生路，难道他真的不是为了钱吗？

"为什么这样做？"陆川问。

陈默一脸严肃地说："如果不是你的选拔，我现在可能还是一个普普通通跑腿的小卒，是你改变了我的人生，激发了我的潜能，让我在曼陀罗集团拥有一席之地。做人要懂得知恩图报，钱我可以光明正大地去挣，但绝不是靠这种手段获得！这次当作是我还你的恩情，咱俩从今以后两不相欠。下次再见的时候，我们便是敌人，到那时，我的枪口一定会指向你的脑袋！走吧！"

陆川点点头，冲陈默抱了抱拳，带着莎拉往丛林里面走去。

山风吹过，有些微凉，陈默的身影也消失在了丛林深处。

第十五章　东方猎人

没有了手枪的威胁，陆川铆足力气，很快追上了王强，一把抓住他的后背，将他凌空提了起来。

"啊！啊！救命！救命！"王强花白的头发在夜风中胡乱飞舞，发出惊恐的尖叫声，两腿乱蹬。

Z国，边陲小城。

这里地势偏远，几条街道贯穿了整座城市，汽车碾压而过，扬起漫天尘土。街道上熙熙攘攘，夹杂着小贩的吆喝声。

陆川和莎拉走在街上，回想这几天发生的一切，有种恍若隔世之感。不管怎么样，他们总算是暂时摆脱了曼陀罗集团的追杀。

两人走进路边的一个小面馆，填饱饥肠辘辘的肚子。

莎拉放下碗筷，问陆川道："接下来有什么打算？"

陆川摸了摸衣兜，"我要通过这些资料，找到当初出卖战狼的幕后黑手！"

"然后呢？"莎拉问。

陆川咬了咬嘴唇，"然后？为死去的兄弟们报仇，将那个幕后黑手绳之以法！"

莎拉面露担忧，"你一个人去找幕后黑手报仇，会不会太危险了？"

陆川笑了笑，"什么危险我没遇上过？难道我还害怕么？"

"可是……我害怕！"莎拉脱口而出，"我……我不想你有任何的不测……"

陆川看着莎拉的眼睛，叹了口气，"莎拉，有些事情我必须去做，希望你能理解！"

莎拉紧紧抓住陆川的手，"不如这样吧，你跟我回国，再从长计议……"

陆川拍了拍莎拉的手背，慢慢抽回手，坚定地说："我活着，并不是为自己，我要为所有死去的兄弟们活着！如果不能替他们讨回公道，我活着又有什么意义？好不容易走到今天，我不会前功尽弃的！莎拉，对不起，我不能跟你离开！"

莎拉直视着陆川的眼睛，眸子里碧波荡漾。

半晌，她说道："好吧，我明白了，你放手去做吧，不过你得答应我一件事情！"

"什么事情？"陆川问。

"活着回来！"莎拉起身在陆川的脸颊上轻轻一吻，"我等你！"

入夜时分，某家小旅馆的一间屋子里，莎拉满面潮红，依偎在陆川的怀里，嘴角挂着幸福的笑容，"陆川，你最想去什么地方？"

陆川摇摇头，"我不知道，好像哪里对我来说都是一样，你呢？"

莎拉微闭着眼睛,"我想去'世界尽头'!"

"'世界尽头'?在哪里?"陆川抚摸着莎拉的长发。

莎拉仿佛进入了自己梦想中的世界,呢喃说道:"它在世界的最南端,依山面海而建,街边全是在童话里才会出现的属于白雪公主的可爱小木屋,屋前屋后的鲜花开得正旺……"

半个月后。

莎拉刚从浴室洗完澡出来,客厅里的电话铃响了起来。莎拉擦拭着湿漉漉的长发,接起电话:"喂!"

电话那头传来一个熟悉的声音:"莎拉,你还好吗?"

莎拉的眼睛一下子就湿润了,"陆川?!"

陆川说:"我已经在曼陀罗的绝密文件里找到了那个幕后黑手!"

莎拉问:"是谁?"

陆川说:"机密局的人,文件里面有他和阮七的通信记录,没想到我们内部竟然出了这样一个叛徒!"

莎拉道:"天呐!你现在在什么地方?"

陆川说:"还在小城里,我已经联系上了机密局,他们会派人过来!"

莎拉点点头,"嗯,那你小心一点!"

陆川道:"我备份了一份资料传送到你的邮箱里,里面有很多贩毒集团的详细资料,希望国际刑警那边能够将这些罪犯一网打尽!"

莎拉略显激动地说:"谢谢你陆川,我代表国际刑警谢谢你,你所做的努力不会白费,世界将会因你而变得更加美好!愿你能早日完成使命!"

"莎拉!"陆川的声音突然变得温柔起来,"我……我爱你!"

电话挂断,里面传来嘟嘟嘟的忙音,莎拉还拿着电话发呆。

莎拉对着电话轻轻吻了一下,自语道:"我也爱你!"

小城的夜空很漂亮,从电话亭出来,陆川沐浴着晚风,踩着星光往旅馆方向走去。

不知道在星空的那头,莎拉是否也在想念着自己呢?

刚刚对莎拉说出"我爱你"三个字时,陆川心跳得很快,却又带着些许轻松,能够向心爱的人表白也是一件幸福的事情。

路过一家便利店的时候，陆川买了一瓶酒，准备回去喝两杯。一想到幕后黑手很快就会被绳之以法，他的心情激动得难以平复。

陆川摸了摸衣兜的U盘，只要把这个U盘交给机密局负责人，他的使命就算完成了，他就能给死去的兄弟们报仇了！

刚刚走到旅馆楼下，一辆黑色越野车飞驰而至，咔地一声停在陆川面前，把陆川吓了一跳。

陆川抬起头来，不由得微微一怔，在这个穷乡僻壤的地方，很少能够看见这样的高档汽车。

车门突然打开，从里面走下几个男人，他们面无表情，显得非常冷酷。其中一人走到陆川面前，"你是陆川？"

陆川打量着眼前的这个墨镜男，"你们是谁？"

陆川心中暗自警惕起来，在这偏远的地方，怎么会有人认识自己？突然他觉得后脖颈传来一阵巨痛，心里说了一声"不妙"，"你……混蛋……混……"陆川哆嗦着，挥拳朝着墨镜男打去。

但是高高举起拳头的手臂无力地垂落下去，陆川只觉得四周的景物在飞快地旋转、旋转……

墨镜男扬了扬下巴，后面两个人快步走上前来，将陆川迅速抬起来塞进越野车，扬长而去，消失在苍茫的夜色当中。

当陆川醒来的时候，发现自己置身在一间宽敞明亮的病房里面。

房门推开，一个国字脸从外面走进来，"醒了吗？"

紧接着，又有几个人走进病房，在这群人里面，一个头发花白的老者引起了陆川的注意。那个老者面容肃穆，腰板笔挺，虽然已是暮年，却让人感到英姿勃发，威武凛然。

国字脸向陆川介绍道："这位是机密局的丁局长！"

陆川冲老者敬了个礼。

丁局长上前一步，打量着陆川，"你就是陆川？"

陆川点点头，"坐不改姓，行不改名！"

丁局长伸手拍了拍陆川的肩膀，"好！非常好！英气逼人，果然有我军人风范！你的事情我已经知道了，我为国家有你这样的军人感到自豪和骄傲！"

陆川谦逊地回答："这是我的使命！"

丁局长背负着双手，"陆川，为保密起见让你以这种方式见面实在抱歉。你向机密局反映的情况我们已经获悉了，其实我们一直在暗中调查王强，但苦于一直找不到证据。你从曼陀罗带回来的资料非常宝贵，国际刑警也及时与我们取得了联系，并且搜集到了王强的犯罪证据！"

这时站在丁局长身后的国际刑警马克上前与陆川握手，"打击犯罪是全世界警察的义务，陆川先生，我代表国际刑警组织对你表示最崇高的敬意和感谢，你为我们提供的那些资料非常宝贵，国际刑警组织通过这些资料，已经对各大贩毒集团展开了行动，并且取得了良好的成效！"

陆川问："那么王强呢？抓到他了吗？"

丁局长摇摇头，面容冷峻地说："他收到风声，提前逃跑了，而且走的时候还带走了一份国家机密文件，我们称为'八号文件'！"

"什么?!"陆川握紧拳头，"怎么能让他跑了呢？"

丁局长说："'八号文件'涉及很多国家内部机密，一旦外泄将给国家带来可怕的灾难，所以我今天来找你，其实是想拜托你完成一件任务——追回'八号文件'！"

"你要我执行这项任务？"陆川微微一怔。

"没错！"丁局长的目光里透露出深深的信任，"你的能力我非常清楚，我相信你能完成这个任务！"

陆川咬咬牙，"现在'八号文件'在什么地方？"

丁局长说："据可靠情报，王强叛逃之后，带着'八号文件'去了中东地区，估计要跟那边的恐怖组织接头。所以你一定要赶在他们接头之前把文件夺回来！"

他接着说："这次任务行动代号是'东方猎人'，任务很艰巨，也很危险，你要做好心理准备！"

陆川笑了笑，"没问题！什么时候出发？"

丁局长说："经过全面的体检，发现你的腰部还有些旧伤，医生说要观察一周的时间，一周以后，我会安排你……"

"一周?! 不不不！"陆川挥手打断丁局长的话，"一周时间太长了，说不定王强都跟恐怖组织完成了交易！行动时间越早越好，最迟明天就出发吧！"

"明天?!"丁局长有些讶然。

陆川面容肃然,"我的这点小伤跟整个国家的安危比起来算得了什么呢?我就算拼了这条命,也会追回'八号文件'!"

"好!"丁局长被陆川的气魄打动,"我马上叫人下去安排,明天就出发!"

陆川望着丁局长,"丁局长,我还想拜托你一件事!"

"请讲!"丁局长拍着胸口道:"只要是我能办到的!"

陆川扭头看着玻璃窗外的夕阳,"我希望牺牲的战狼成员能够追加为烈士,他们是最忠诚的国家卫士,也是真正的英雄!"

丁局长颔首道:"我明白,这件事情一定会办妥的!你就放心去吧!"

这是一座现代化的大都市。

林林总总的恢弘建筑并没有让陆川侧目,根据国际刑警提供的情报,王强于三天前抵达了这里,入住到最豪华的七星级酒店。

陆川很快就查到了王强的落脚之地——25层的皇家套房,价格不菲。

夜幕降临,这座沙漠之中的中东都市就像天堂,斑驳的霓虹灯将苍穹映照得熠熠生辉,景色旖旎的沙滩海岸连绵到远方,恍如幻境。

叮咚!

电梯停止在25层,陆川镇定自若地走出电梯。

此时的陆川穿着一身服务生的衣服,唇角粘贴着胡子,完全变了模样。他的手里推着一个银色的送餐车,车上扣着餐盖。

陆川来到其中一间皇家套房门口,两个黑衣保镖拦住了他的去路。

陆川嘴角带着标准的职业微笑,"先生您好,我是来送餐的!"

"送餐?!"两个保镖对望一眼,"我们没有点餐!"

陆川道:"这是酒店为皇家套房的客人免费提供的!"

"不用了,我们不需要!"

"二位先生,不要急着拒绝嘛,我们的工作就是为客人提供最好的服务。你们可以先看看我们今晚推出的餐点……"陆川一边说一边伸手去揭餐盖。

"慢着!"左边那个保镖突然踏前一步,一把按住陆川的手背,沉声说道:"我们不需要,明白吗?"

陆川耸耸肩膀,"好的,那就很遗憾了!再见!"

陆川正准备转身,右边那个保镖开口叫住了他,"站住!"

那个保镖走上前来,面容冷酷,伸手抓着餐盖缓缓揭开,只见下面果真摆放着一盘香喷喷的法式蛋糕。

两个保镖对望一眼,看见蛋糕后明显感觉对陆川放松了警惕。

陆川拿起蛋糕递到两人面前,"需要尝尝吗,味道很好的!"

两个保镖正想伸手去接蛋糕,说时迟那时快,蛋糕后突然射出两道寒光,一闪即逝。

两个保镖脸上的表情瞬间凝固,他们直愣愣地看着陆川,就像被人施了定身咒似的。几秒钟以后,两人的咽喉处同时出现了一道血线,那道血线迅速拉伸,变成一道血口子。两个保镖张了张嘴巴,满脸惊恐之色,背靠着墙壁缓缓滑倒。

陆川松开手指,两把小巧的刀片掉落在地上。

陆川正准备抬手敲门,忽然发现猫眼里闪过一点红光。他定睛一看,原来猫眼上面安装了隐秘监视器,看样子陆川在门口的一举一动都被屋子里的人尽收眼底。

陆川反手拔出手枪,对着锁孔开了一枪,然后抬脚踹开房门,闪身入内。

屋子里面黑漆漆的,没有开灯。

陆川举着手枪刚刚走进屋里,一条腿突然从黑暗中闪现出来,横扫在陆川的手腕上,一下子将手枪踢飞出去。

陆川心中一怔,有埋伏!

那人一击得手,迅速扭转腰身,另一条腿闪电般扫向陆川的面门。

这腿法速度很快,但陆川的反应也很快,在这条腿即将扫中的时候,陆川突然出手,后发先至,精准无误地抓住了那人的脚踝,然后大吼一声,将那人横向丢了出去。

哗啦!

那人飞出去落在玻璃茶几上,把茶几砸得粉碎,碎裂的玻璃渣子喷得到处都是。

那个家伙在地上呻吟着,满脸都是血,一时间爬不起来。

陆川正准备冲上去，一道人影突然从背后扑来，强而有力的臂膀一下子缠住了陆川的双臂。

那人的手臂猛然缩紧，陆川听见了身体里传来的咔咔声响，骨头仿佛要被那人生生捏碎，眼前阵阵发黑，头晕目眩，使不出力气。

关键时刻，陆川猛然抬脚，重重地踩在那人的脚尖上面。

在那人吃痛的一瞬间，陆川咬紧牙关，猛然发力，反手抓住对方的臂膀，一个漂亮的过肩摔将他凌空甩飞出去，重重摔在地上。

不等那人爬起来，陆川足尖使劲一点，飞身一跃而上，身形闪动中，坚硬的膝盖磕在那人的脑袋上。那人喷出一口鲜血，仰天倒在地上。

陆川迅速在屋子里搜寻一圈，没有发现王强的踪影，而浴室里的一扇窗户是半掩的。

陆川快步跑到窗户边，推开窗户往下看去。

只见在酒店的外墙玻璃上，一个男人就像一只壁虎，贴着玻璃外墙慢慢往下已经下滑了十来米。

王强？！

原来王强戴上了专用的壁虎手套。这种仿生壁虎脚的手套可以让人吸附在光滑平整的表面上。

陆川返回屋里找到一双壁虎手套，然后从浴室的窗口处纵身跃了出去。

不能让他跑掉！

陆川猛地一咬牙，手足并用，贴着墙面不断下滑，迅速缩短与王强之间的距离。

王强的身手毕竟不如陆川，况且年事已高，动作缓慢，眼看就要被陆川追上。

就在这时候，王强突然腾出一只手，掏出一把手枪，回身对着陆川连连射击。

当！当！当！

子弹打在玻璃墙上，飞溅起一串火星。

虽然没有打中陆川，但阻碍了陆川的前行速度，陆川不得不停下来，低着头，紧贴在玻璃墙上。

陆川腾出一只手，从裤袋里抽出一把军刀，抬手掷了出去。

军刀在空中急速旋转，划出一道流光，朝着王强飞旋而去。

"啊！"王强尖叫一声，手腕被军刀划出一道长长的血口，手枪也随之掉落下去。

王强转过身，忍着手上的剧痛，继续往下爬。

没有了手枪的威胁，陆川铆足力气，很快追上了王强，一把抓住他的后背，将他凌空提了起来。

"啊！啊！救命！救命！"王强花白的头发在夜风中胡乱飞舞，发出惊恐的尖叫声，两腿乱蹬。

一直寻找的幕后真凶，此时终于被陆川抓住，陆川厉声喝道："王强，你知道我是谁吗？"

王强浑身哆嗦着，不敢低头看下面，"你……你是谁？我好像没见过你……"

"还记得战狼突击大队吗？我就是队长，陆川！"

王强肥胖的身躯哆嗦得更加厉害，"你……你没死？！求求你不要杀我！我有钱！我可以都给你！不要杀我！不要杀我！"

陆川唾骂道："怎么会有你这样的败类？快把'八号文件'交出来！"

"'八号文件'？！"王强一下子沉默了。

"交出'八号文件'，否则我就松手了！"陆川冷声说道。

王强满脸苦色，"'八号文件'不在我身上！"

"什么？！"陆川蓦地一怔，"它在什么地方？快说！"

王强低垂着脑袋，"在一个叫'圣天使'的恐怖组织手里！半个钟头前，他们跟我碰了头，给了我一大笔钱，然后带走了文件！"

陆川的心狠狠一颤，终究还是来迟了一步！

"你没说谎？"陆川问。

王强苦着脸说："都这个时候了，我有必要撒谎吗？"

"跟你接头的人去了哪里？"陆川问。

王强说："好像要去贝吉塔。"

陆川抬头望去，一眼就看见了那座第一高的建筑。它就像一架天梯，将苍穹和大地连在一起，蔚为壮观。

就在陆川沉默的瞬间，王强突然挣扎了一下，接着想伸手重新吸住玻璃墙逃跑。可天不遂人愿,他身体一滑,急速坠落下去。

砰!

下面传来一声闷响,王强倒在血泊中。此时此刻,王强终于为自己的恶行付出了代价!

陆川眼含热泪,眺望着东方的夜空,"兄弟们,我终于为你们报仇啦!"

第十六章　圣天使

陆川手足并用，悄无声息地爬到集装箱顶，然后腾挪跳跃，朝着那群人迅速逼近。他在距离两拨人三十米左右的地方停下来，静静地匍匐在集装箱上面，将身影隐没在黑暗中。

贝吉塔，世界上最高的建筑。远远看去，它就像一把直刺苍穹的巨大宝剑。

坐在计程车里，司机非常骄傲地向陆川讲述着贝吉塔的故事。很快，计程车便在贝吉塔门口停下，陆川还没下车，就看见一群黑衣人上了三辆越野车，车灯闪烁，很快飞驰而去。

陆川扭头对司机说道："我不下车了，帮我跟紧前面那几辆车！"

司机嘿嘿一笑，"原来你不是来观景的，是来捉奸的吧？好！我一定帮你盯紧那个奸夫！"

陆川笑了笑，没有说话，只是暗地里握了握手里的枪袋，他能感受到来自巴雷特狙击步枪的冰冷杀气。

驶过两个路口后，三辆越野车拐弯进入海滨大道，一路往港湾飞驰而去。最后，三辆越野车驶入一个集装箱码头。

计程车司机道："这个奸夫还真会找地方！"

陆川在码头入口让司机停车，付过费，司机问："需要我等你吗？"

陆川摆摆手，"谢谢，不用了！"

司机挥了挥拳头，"抓住奸夫，狠狠揍他一顿！"

"一定！"陆川笑了笑，背起枪袋走进码头。

这里是个货运集散中心，密密麻麻的集装箱码放整齐，看上去非常壮观。此时已近深夜，码头上没有什么人。

徐徐的海风扑面而来，带着咸湿的味道。

陆川看见红色的车尾灯闪烁几下，然后在前方不远处熄灭了。车门打开，一群黑衣人从越野车里走下来，散开成扇形，像是在等待着什么。

这时，一束光亮从后面射来，陆川微微一惊，迅速闪身躲进集装箱的夹缝里。一辆加长版的林肯驶入码头，后面还跟着两辆凯迪拉克越野车。

陆川手足并用，悄无声息地爬到集装箱顶，然后腾挪跳跃，朝着那群人迅速逼近。他在距离两拨人三十米左右的地方停下来，静静地匍匐在集装箱上面，将身影隐没在黑暗中。

陆川拉开枪袋，从里面取出狙击步枪，装上消音器，调到夜视模式。

从瞄准镜里面看出去，一拨是"圣天使"的人，清一色的黑衣大汉，看上去很有派头。站在大汉们中央的那个络腮胡是现任"圣天使"的一号头目穆兰德。他穿着一身白色长袍，从头到脚遮得严严实实。穆兰德背后站着一个冰蓝色长发女人，黑衣黑裤，妖娆的身段展现得淋漓尽致。

而另外一拨人马穿着迷彩服，其中一个穿着白衬衣的大腹便便的胖子，左手端着一杯可乐，右手拿着一个汉堡。这个胖子的面容有点熟悉，陆川好像在哪里见过？回忆了一会儿，陆川想起他曾出现在曼陀罗的绝密资料里。这人名叫拉斐尔，是全球臭名昭著的军火贩子。

穆兰德跟拉斐尔见面，十有八九是在进行军火交易。

"拉斐尔先生……"一个"圣天使"的黑衣人走上前来。

拉斐尔的保镖伸手拦住他，"你不知道拉斐尔先生的习惯吗？在吃东西的时候，最讨厌别人打扰！"

黑衣人悻悻地退了回去。大家看着拉斐尔一个人在那里吃汉堡。吃完以后，拉斐尔满足地打了个饱嗝，掏出纸巾擦了擦手，漫不经心地问："钱带来了吗？"

穆兰德打了个响指，两个黑衣人提着两个黑皮箱走上来，打开皮箱，里面是码放整齐的美钞。

穆兰德说："按照你的要求，不连号旧钞！"

拉斐尔俯下身来，伸长鼻子在钞票表面使劲嗅了嗅，脸上流露出贪婪的表情。他吸了吸鼻子，嘿嘿笑道："这个世界上，钞票的味道是最香的！"

"我要的东西呢？"穆兰德问。

拉斐尔笑了笑，走到边上，伸手敲了敲一个集装箱，"都在这里呢！"

"打开看看！"穆兰德说。

集装箱门打开，所有人都睁大眼睛，里面整齐地码放着一箱又一箱的枪支弹药，至少可以武装上百人。

拉斐尔得意地说："怎么样？全是美式装备，货真价实！"

"拉斐尔先生，很高兴和你合作！"穆兰德和拉斐尔握了握手。

啵——

就在这时候，陆川扣动了扳机。

狙击子弹在黑夜中划出一条火线，瞬间穿透了穆兰德的脑袋。

拉斐尔摸了摸脸上飞溅的血渍，满脸惊愕地看着穆兰德在自己面前缓缓倒下。

"老大！老大！"

"他们竟然敢黑吃黑！"

"杀了他们！去死吧！啊呀呀！"

"圣天使"以为是拉斐尔他们下的手，所以在第一时间发起反击。

蓝色长发美女第一时间拔出配枪，眼睛都不眨一下，一枪点爆了拉斐尔的头。接着她出手如电，连续几枪点射，放倒了对方好几人。

哒哒哒！哒哒哒！

双方人马拔枪互射，突击步枪喷射着火龙，无数条火线在空中来回穿梭，打碎了码头的寂静，场面瞬间变得难以控制。

陆川刚刚只是想击毙穆兰德这个罪恶头目，没想到居然引发了两个帮派之间的混战，现在的陆川完全是"坐山观虎斗"。

双方激烈的短兵相接之后，各自朝后方退去，以汽车作为掩体，互相射击，打起了阵地战。

啵——

一个穿迷彩服的军火贩子刚刚探出脑袋，就被狙击子弹击中。

短短三十米的距离，对陆川来说弹无虚发。

蓝发美女竖起手掌，示意己方手下停火，"不对劲！我们中计了！这里有第三方人马！"

"不是他们想黑吃黑吗？"一个黑衣人问。

蓝发美女道："藏匿在黑暗中的狙击手先是射杀了穆兰德先生，接着又射杀了对面的那些混蛋。也就是说，狙击手在射杀双方人马，所以他肯定不是军火商那边的人！"

身着迷彩服的军火贩子也发现事情不太对劲，他们冲着"圣天使"的人喊道："你们这群蠢材，还在那里自相残杀，我们全都中计啦！"

陆川的嘴角扬起一抹笑意，"现在才发现吗？太迟了！"他平移枪口，瞄准了一辆越野车的油箱。

啵——

一条火线直射而出，准确命中油箱。

轰隆！

油箱发生爆炸，那辆越野车顿时变成一颗火球，碎裂的铁皮和玻璃渣子四散飞溅。

啊！啊！

惨叫声随之响起，藏身在越野车后面的黑衣人全部毙命。

"他在对面！"蓝发美女第一个发现了陆川的踪影。

听闻此话，一个军火贩子从集装箱里拎出一支火箭炮，扛在肩膀上，对准陆川藏身的地方，怒吼道："去死吧！"

嗖！

一颗火箭弹拖着长长的火焰，向陆川袭来。

"该死！"

陆川迅速怀抱狙击枪，翻身从集装箱上滚落下去。刚刚落地，就听见震耳欲聋的爆炸声响，灼热的气浪将陆川冲飞出去，后背就像被火烧了一样，火烧火燎的疼。

附近的几个集装箱都被火箭弹炸毁了，燃烧起熊熊烈火，满地狼藉。

陆川吁了口气，抹了一把冷汗，支撑着从地上爬起来。往前跑了没几步，一梭子弹扫过来，将陆川逼退回来。子弹打在集装箱上面，迸射出点点星火，发出叮叮当当的清脆声响。

现在，两拨人马联起手来，共同追杀陆川。他们从集装箱里找出各种重火力武器，咆哮咒骂着组成一个包围圈，朝着陆川所在的地方慢慢围拢上来。

"杀了他！"

敌人们端起重机枪疯狂扫射，子弹如流星般把四周的集装箱打得千疮百孔。

然而，在硝烟弥漫的狼藉之中，却没有发现陆川的身影。

只见蓝发美女举起右拳，五指张开。

那些人立刻会意，分散开去，在集装箱的缝隙里面寻找陆川的踪迹。

此时此刻，陆川躲在一个集装箱内，大气不敢喘，凝神倾听外面的动静。

很快，陆川听见一个脚步声由远及近，从集装箱外面走过。

陆川举起狙击步枪，将枪口顶在集装箱上面，通过声音来判断敌人的位置。

当那个黑衣人刚刚走过的时候，陆川不失时机地扣下扳机。

巴雷特狙击步枪的威力何等巨大，穿透集装箱这样厚度的铁皮完全不在话下，更何况还是如此近的距离。

那个人没等做出任何反应，直接就被打得飞了起来，撞击在对面的集装箱上。

听见声响，几个人同时往这边跑过来。

陆川没有停留，闪身冲出集装箱，往外跑去。

哒哒哒！

一条炽烈的火龙紧随其后，在陆川跑过的地面上留下一串冒烟的弹孔，生死就在毫厘之间。

陆川动作敏捷，飞身攀上对面集装箱，一个鹞子翻身落在集装箱顶，观察着下面跑动的敌人。

找准时机，陆川迅速举枪，单膝半跪在地上扣下扳机，一个黑衣人的胸口上顿时腾起一团浓郁的血雾。

砰！

一颗子弹贴着陆川的头皮飞射过去，惊出陆川一身冷汗。

陆川抬头一看，只见蓝发美女站在距离自己二十米开外的集装箱上，双手举枪，正对着自己开枪射击。

陆川根本没有时间瞄准，完全凭借直觉，抬手就是一枪打过去。

一颗狙击子弹贴着蓝发美女的脸颊飞过去，劲风激荡起她的长发。

蓝发美女同样惊出一身冷汗，只差一点点她就被陆川打爆了脑袋，心中不由得暗暗惊叹："好精湛的枪法！"

陆川暗叫一声可惜，不等他再次举枪，蓝发美女已经迅速做出反应，对着陆川连连开枪射击，逼得陆川从集装箱上滚下去。在这种短兵相接的情况下，手枪比狙击枪更占优势，因为它的灵活度更高。

陆川刚好落在一个端着重机枪的迷彩服军火贩子面前，那人猝不及防，下意识想要扣动扳机，但却没有陆川快，被狙击子弹一枪命中。

陆川丢掉狙击步枪，反手拔出"沙漠之鹰"。他借助复杂的地形，在集装箱的缝隙里穿插奔跑，在不知不觉中将敌人分散开。这样一来，陆川能更加有效快速地将他们各个击破。

那些人一个个瞪红双眼，气得七窍冒烟，丝毫没觉察已经中了陆川的计谋，很快就如散沙般四处跑开，相互间根本无法支援帮助。

此时的陆川，就像幽灵般出没在码头的各个角落，他甚至不再继续使用"沙漠之鹰"，因为枪声会引起其他人的注意，他改用自己最擅长的三棱军刺，悄无声息地将那些敌人一个接一个地干掉。

"站住！"

一个女人的声音从身后传来，陆川不得已停下脚步。

这里只有一个女人，陆川不用回头也知道，肯定是那个蓝发美女。

陆川冷笑两声道："不用装了，其实你也没有子弹了吧！如果有的话，你早就一枪杀了我，何必叫我站住呢？"

说这话的时候，陆川缓缓转过身来，与蓝发美女冷冷对峙。

蓝发美女丢掉手枪，自后腰拔出一把蝴蝶刀。

陆川知道蓝发美女是个狠角色，不敢怠慢，沉声喝气，紧握三棱军刺，摆出格斗的防御姿势。

蝴蝶刀在蓝发美女手中逐渐变作一圈圈冷白色的流光，缠绕着她的指尖盘旋飞舞，变幻莫测。

唰！

蓝发美女突然停止动作，收起蝴蝶刀，冷冷说道："我的手下前不久在执行任务时被神秘枪手干掉。在刚刚见识了你的枪法之后，我想我已经找到了这个人！"

陆川微微一怔，"你是影？！"

原来面前的这个女人，就是暗影雇佣兵团的老大——影！

不是冤家不碰头，陆川万万没有想到，自己竟然会在这里跟影相遇。

"传说中暗影雇佣兵团最厉害的人物，真是幸会！"陆川笑了笑。

影目光一寒，厉声问道："能够以一己之力干掉暗影多名干将，你究竟是谁？"

陆川挺起胸膛，朗声应道："Z国特种兵，陆川！"

影咬了咬嘴唇，"早就听闻Z国特种兵技艺非凡，世界一流，果真是名不虚传！"

陆川说："不用再说客套话了，尽管放马过来吧！"

"去死！"影突然拔足疾奔，她的速度非常快，快到只能看见一道幻影。

忽然，影的右手张开，一道炫目的寒光自掌心中飞旋而出。

唰唰唰！

蝴蝶刀凌空急速旋转，完全看不清楚飞行轨迹——影的实力果然非同凡响。

陆川没有动弹，甚至没有任何反应，蝴蝶刀在陆川面前突然偏移了一下弧度，贴着他的头皮飞了过去，然后凌空旋转一圈后，准确无误地飞回影的手中。

蝴蝶刀在影的指尖旋转不止，冰蓝色的长发披下来，遮住影的半边脸颊。她抬头看着陆川，目光中露出惊诧之色，"好厉害！居然看穿了我的进攻路线！"

陆川冷哼一声，伸手轻轻拂了拂发梢，一缕碎发飘然落下。

原来刚才陆川并不是没有反应，而是故意没有任何动作。如果刚刚陆川闪身去躲避，那么正好会撞在刀锋上面，影这一套刀路的杀招就在最后，用凌厉的攻击逼迫敌人躲闪，一躲闪就会中招。这也是影第一次失手，所以心中涌起难以言喻的惊诧。

"很少有人拥有这样的胆识！"影说。

"因为很少有人真正领悟到生死！"怒喝声中，陆川提着三棱军刺反杀而至。话音落下时，陆川的身影已闪现在影的面前。

影柳眉倒竖，心中骇然："好快的速度！"

当！

一团火星在影的掌心里飞溅起来。影的脸色唰地变得苍白如纸，娇叱声中，蝴蝶刀脱手向后远远飞了出去。

与此同时，一道寒光从影的眼前飞快闪过。

影凭借着出众的反应，下意识地侧避了一下脑袋，只觉脸颊微微一凉，紧接着就是尖锐的刺痛感，滚烫的鲜血飞溅进了她的眼睛，染红了瞳孔。影腾空翻滚一圈，重重跌落在地上。

"啊——"影嘶声大叫，扬起脸庞，左半边脸颊全是鲜血，三棱军刺划破了她精致的脸蛋，这让她感到无比的愤怒和痛苦。

也幸好她反应敏捷，倘若再慢0.1秒，三棱军刺必然穿透她的脑袋。

影突然冲天而起，身形闪动中飞身跃上集装箱顶。

她回头看了陆川一眼，恶狠狠地说："我们的恩怨还没有了结，这笔账我一定会找你算清楚！"

几个纵跃，影的身影消失在夜色中。

陆川回到海边，从穆兰德的贴身衣兜里找到一个U盘，上面有机密局的标识。

陆川吁了口气，"八号文件"终于找回来了，他不辱使命，没有辜负国家和人民的期望！

皓月当空，微风拂面，城市的灯火倒映在海面上，五彩斑斓，波光粼粼。

第十七章　世界尽头

陆川的瞳孔里闪过一丝寒光,只听他一声暴喝,紧接着传来"嘎嘣"脆响,那把斩马刀竟被陆川硬生生劈成两截。影被劲气震得倒飞出去,撞在铁丝网上,继而又弹落在地上。

"'八号文件'追回来了，叛徒王强也死了，还顺带干掉了穆兰德和拉斐尔，这次的行动收获颇丰啊！你可不仅为咱们国家做了好事，也为世界人民做了好事呀！穆兰德一死，'圣天使'肯定会沉寂相当长一段时间，中东地区又可以得到一阵安宁了！"丁局长赞赏地冲陆川点点头。

陆川微微一笑，"丁局长，你答应我的事情办妥了吗？"

丁局长点点头，"当然！君子一言九鼎，况且他们本来就是国家的英雄，这是他们应得的荣誉！"

"丁局长，还有一件事情！"陆川说。

"请说！有什么要求尽管提！"丁局长说。

陆川颔首道："其实我也没有什么要求，就是想从今往后过普通人的生活！"

"普通人的生活？！"丁局长抬头看着陆川，脸上露出一丝讶然，"你的意思是……你要退役？"

"嗯！"陆川点点头，"这些年来，我一直徘徊在生死边缘，甚至连一个安稳觉都没有睡过，枪林弹雨的日子让我感到麻木和疲惫。现在所有的事情都结束了，任务也完成了，剩下的日子我想换一种方式生活，做一个普通人，过简简单单、平平凡凡的日子！希望您能跟上级做一下汇报。"

丁局长沉默了半晌，长长地叹了口气，"陆川，不用再说了，我想我能明白你内心的感受。谢谢你为国家做的一切！我尊重你的决定！"

"接下来有什么打算？"丁局长问陆川。

陆川想了想，"先去烈士公墓看看兄弟们，和他们说说心里话！"

"然后呢？"丁局长问。

"然后……然后准备去一个地方！"陆川说着，嘴角情不自禁扬起了笑容。

"去什么地方？介意告诉我吗？"丁局长说。

"世界尽头！"陆川笑了。

"世界尽头？！"丁局长微笑着点点头，"好吧！看你面带微笑的样子，那个地方肯定有幸福等着你，祝你好运！"

夕阳西沉。

烈士公墓里寂静无声。

那一座座大理石墓碑上面，镌刻着一个又一个年轻的名字。

一棵棵小青松倔强地傲然挺立着，阳光穿透枝桠的缝隙落在墓碑上面，泛起浓浓的哀伤。

陆川背对着夕阳，站在这排墓碑前面，夕阳的余晖勾勒出他威猛高大的轮廓。但是，这个如山般壮实高大的身影，此刻却在微微地颤抖着。

他，在哭泣！

大颗大颗的眼泪滚落下来，在晚风中迅速凋零。

陆川从那排墓碑前缓缓走过，他的手轻轻地抚摸每一座墓碑。

终于，他停下脚步，伸手摘下脸上的银白色铁皮面具，"兄弟们，我替你们报仇了，你们……安息吧！来生，我们还做兄弟！"说完这话，陆川挺直腰板，对着墓碑，敬了一个庄严的军礼。

陆川的身影被斜阳拉得好长好长，他屹立在晚风中，仿佛要与这些墓碑融为一体。

世界尽头。

当陆川站在世界最南端的这块土地上，沐浴着清新的海风，那份惬意和淡然真是美得无法用语言来形容。

他也不知道自己为什么会来到这里？

是因为莎拉吗？

自从莎拉离开以后，陆川的耳畔始终都有一个声音在魂牵梦绕："去世界的尽头吧！"

于是，陆川义无反顾地来了，一个人，一个背包。

这里没有硝烟，没有杀戮，更没有鲜血飞扬的战场；这里只有浓郁的花香，咸湿的海风，宁静的街道，以及童话里才会出现的木头房子。

陆川感觉自己就像从一个残酷的世界，穿越到了一个童话的世界。

陆川想到了死去的兄弟们，想到了莫桑奶奶，想到了阿朵，想到了那些被贫穷折磨的人们，如果人人都能生活在这样纯净湛蓝的天空之下，世界将会变得多么美好！

陆川沐浴着午后的阳光，慵懒地行走在街道上。

城市虽小,但却生机勃勃,陆川买了瓶啤酒,随意坐在街边上,感受浓郁的南美风情。

啤酒下肚,陆川美美地打了个盹,这些年来,他从来就没有这样放松过,这种感觉简直是无与伦比,棒极了!

醒来之后,陆川信步踱到海边,这里有个"世界尽头邮局",这里出售印有"世界尽头邮政"字样的明信片。

陆川买了一张明信片,想了想,在背面写下莎拉的家庭住址,最后用英文写了一句"I Love You",笑了笑,将明信片放进邮筒里面。

说不定哪天莎拉在清晨醒来的时候,枕边就会出现这张来自"世界尽头"的明信片。

从邮局出来,一个卷发小男孩跑到陆川面前,塞了张纸条到陆川手里,"这是一个美女姐姐让我给你的,她大概是看上你了吧?嘻嘻!"

小男孩欢笑着跑开了,陆川有些疑惑,美女姐姐?!

展开纸条,上面只有一句话:一个钟头之内到商业街后巷,否则你将见不到最心爱的人!

没有落款,陆川怔怔地拿着这张纸条,满脑子都是问号,这难道是谁跟他玩的恶作剧吗?

一个钟头以后,陆川还是如约来到商业街后巷。

后巷里堆着一些杂物,还有一些废弃的箱子和油桶,几只老鼠无惧生人,瞟了陆川一眼,闭上眼睛继续打盹。这里阴暗,连个鬼影都见不到。

"嘿!有人吗?嘿——"陆川喊了一嗓子。

嗤啦啦!

巷子深处传来刺耳的金属摩擦声。

放眼望去,只见一个冰蓝色长发的女人从巷子深处缓缓走出,姿势性感优雅。她的手中提着一把一米多长的斩马刀,刀刃是三棱形的,坚硬厚实,泛着森冷的寒光。这个女人的左脸颊上有一条丑陋的疤痕,与她美丽的容颜形成鲜明对比。

女人举着斩马刀,刀锋从路边的铁丝网上摩擦而过,发出尖锐的声音,同时飞溅起一串耀眼的火星。蓝发美女冷酷地停下脚步,对着陆川露出一抹冷笑,"我们又见面了!"

陆川微微一怔，"影?！居然是你?！"

影笑了笑，"莎拉是你的情妹妹吗?"

陆川猛然一惊，影既然知道莎拉的名字，那说明……

陆川厉声喝问道："莎拉在哪里？你把她怎么样了?"

影耸耸肩膀，"怎么样？是不是很意外？没想到你的情妹妹也来了吧?"

陆川的心狠狠抽搐了一下，原来莎拉现在被影控制着，只希望影没有对莎拉做什么。

"你究竟想怎样？"陆川有些恼怒，好不容易欢愉起来的心情又变得糟糕起来。

影扬起斩马刀，刀尖指着陆川的脑袋，"我说过，我会来找你算账的！看看我现在的模样，这都是拜你所赐！"

陆川摘下墨镜，口吻变得冰冷，"你不该来打扰我的，你破坏了我的美好假期!"

"呀——"影突然启动，身形急闪，瞬间来到陆川面前，斩马刀劈出一道凌厉的刀光，飞旋着斩向陆川的面门。

陆川后仰避开，斩马刀劈砍在旁边的铁丝网上，将铁丝网砍出一个大窟窿。

陆川在后仰的同时，闪电般出脚反击，脚尖踢向影握刀的手腕，斩马刀脱手飞向空中。

影怒叱一声，飞身在铁丝网上使劲一点，人如轻燕般高高跃起，凌空抓住斩马刀，顺势从半空中斜劈而下。空中划出一道弧月形状的刀光，这一刀势大力沉，仿佛要劈天开地。即使隔着几米远，陆川也能感受到汹涌霸道的刀气。

嚓！

刀光贴着陆川的身体斩落，将面前的一个大油桶一分为二。

影一刀劈空，怒吼着弹地而起，人如陀螺般在半空中旋转，再次挥刀劈向陆川。

呀喝！

陆川不退反迎，双手闪电般探出，无论是速度还是力道都拿捏得非常准确，两只手掌合二为一，瞬间夹住了斩马刀。

影又惊又怒，不敢置信地瞪大眼睛，她完全没有想到陆川竟敢徒手接住这一刀，不管她怎样用力，刀锋都无法再逼近陆川半寸。

陆川的瞳孔里闪过一丝寒光，只听他一声暴喝，紧接着传来"嘎嘣"脆响，那把斩马刀竟被陆川硬生生劈成两截。影被劲气震得倒飞出去，撞在铁丝网上，继而又弹落在地上。

影刚刚抬起脑袋，陆川已经手握半截斩马刀站在她的面前，残缺的刀锋已然架在影的脖子上，只需要稍稍用力下压半寸，影的颈部大动脉就会被斩断。

影默然闭上双眼，"我还是输了！动手吧！"

哐当！

陆川松开手，将斩马刀扔在地上。

影大惑不解地睁眼望着陆川，"为什么不动手？"

"你走吧！"陆川叹了口气，目光中的寒意退去，"童话世界里是没有杀戮的，我怎么能在这样宁静美丽的地方杀人呢？我只想做个普通人，仅此而已！"

影怔怔地盯着陆川，这个瞬间，她仿佛明白了什么。

影从地上爬起来，冲陆川抱拳说道："你放我一条生路，我不会感谢你，但我从此也不会再来找你的麻烦，因为我知道我无法战胜你！别了，后会无期！"

影转身而行，头也不回地说道："莎拉没事，她正在商业街品尝小吃呢！你快去找她吧！"

影的背影消失在了后巷尽头，陆川的嘴角重新扬起一抹笑容，他戴上墨镜，大踏步朝商业街走去。

老远，他看见了莎拉。

莎拉还是那样的美丽动人，在人潮涌动中一眼就能找到她。

陆川拉过椅子，在莎拉对面坐下来，"美丽的女士，我能请你喝杯下午茶吗？"

莎拉惊讶地抬起头来，双手捂着嘴巴，脸上写满不敢置信的表情，"噢，上帝啊！陆川，是你吗？"

陆川摘下墨镜，伸手握着莎拉的手，"是我！"

"你……你怎么会来这里的？"莎拉激动得声音都在颤抖。

"因为你在这里，所以我就在这里！"陆川说。

金黄色的沙滩如同一条金色的丝带，沿着海岸线勾勒出美丽的弧线。

夕阳西下，海面上白帆点点，波光粼粼。

陆川和莎拉手牵手，打着赤脚踩在柔软的沙滩上，后面留下一串足迹。

画面定格在这一刻。

也许，这就是他们一直想要寻找的幸福！

（完结）

图书在版编目（CIP）数据

上帝复仇/谢迅著 . —北京：时事出版社，2019.12
ISBN 978-7-80232-952-2

Ⅰ.①上… Ⅱ.①谢… Ⅲ.①长篇小说—中国—当代
Ⅳ.①I247.5

中国版本图书馆 CIP 数据核字（2017）第 251699 号

出 版 发 行：时事出版社
地　　　　址：北京市海淀区万寿寺甲 2 号
邮　　　　编：100081
发 行 热 线：（010）88547590　88547591
读者服务部：（010）88547595
传　　　　真：（010）88547592
电 子 邮 箱：shishichubanshe@sina.com
网　　　　址：www.shishishe.com
印　　　　刷：北京旺都印务有限公司

开本：787×1092　1/16　印张：10.5　字数：190 千字
2019 年 12 月第 1 版　　2019 年 12 月第 1 次印刷
定价：40.00 元

（如有印装质量问题，请与本社发行部联系调换）